괜찮은 어른이
되는 법은
잘 모르지만

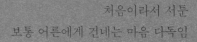

처음이라서 서툰
보통 어른에게 건네는 마음 다독임

괜찮은 어른이
되는 법은 잘 모르지만

윤정은 지음

애플북스

어른은 저절로 되는 줄 알았다.

아무것도 아닌,
보통의 날

유난히 하늘이 깊고 푸르고 맑은 날이다. 아름다운 하늘을 감상하고 싶어 가만히 바닥에 누워 하늘을 바라본다. 고개를 들어 바라본 적은 많아도, 이렇게 몸을 가지런히 누이고 하늘을 본 적은 없던 것 같다. 구름이 흘러가는 그림을 본다. 구름은 모양을 달리하며 쉼 없이 흐른다. 누운 자리에서 왼쪽으로 고개를 돌리니 산과 마을 풍경이 눈에 들어온다. 산속 마을은 정겹고 평화롭다. 나뭇잎이 바람에 쓸리는 소리를 음악 삼아 한참을 하늘을 보며, 나는 선(線)이 된다. 하늘이 된다. 구름이 된다. 동공 가득 담긴 하늘을 간직하려 가만히 눈을 감고 생각한다. 시간이 흘러도 오늘이 참, 그리울 것 같다고.

아무것도 아닌 날이 실은 아무것인 날이라는 사실을 알게 되었다. 그럴 수 있지ㅡ 하고 고개를 끄덕거리던 어제와, 아무것도 아닌 날의 평화에 진심으로 안도하는 오늘의 내가 있다. 양편의 삶 모두 내 것이다. 오롯이 하늘과 구름과 나무의 소리만을 느낄 수 있던 그날의 충만한 평온함을 가슴 깊은 곳에 보관해둔다. 마음이 아프고, 찢기고, 후회할 걸 알면서도 날선 말로 상처를 주고받을 어떤 날에 꺼내어 볼 치유의 추억으로 남겨둔다.

한 시간 남짓 누워 구름이 흘러가는 풍경을 눈에 담고, 마음에 담으니 충만하게 행복해 종일 미소가 감돌았다. 마음에 여유가 있으니 문득 친구의 안부가 궁금해진다. 다정한 벗에게 전화를 걸어 목소리를 듣는다. 두런두런, 많은 표현을 하지 않아도 감정과 상황이 짐작된다. 어설픈 위로보다 들어주기로 마음을 정한다. 그렇구나, 힘들었구나. 그렇지…… 맞아. 친구의 마음으로 들어가 깊이 공감하고 전화를 끊었다.

한참을 멍하니 다시 하늘을 바라본다. 하늘이 변했나, 아니면 내 마음이 변했나. 맑은 하늘인데 왠지 금방이라도 비가 올 것처럼 느껴진다. 발걸음을 옮겨 책상에 앉아 노트에 글자를 적는다.

'아무것도 아닐 거야. 금방 지나갈 거야. 시간이 지나고 나면 괜찮아질 거야.'

부족해 보인다.

'아무것도 아닌 날들이 모여 아무것이 된다.'

라고 다시 적는다.

이 문장은 '아무것' 대신 '특별한 날'이라고 썼다 지웠다. 다시 '아름다운 날'이라 썼다 지우고, '보통날'이라고도 써본다. 굳이 자기 앞의 생을 '특별한' 혹은 '아름다운' 같은 형용사로 꾸미지 않아도 충분하다 생각한다.

아무 일도 일어나지 않는 그저 그런 보통날이야말로 눈이 부시게 아름다운 날임을 알았다. 모두가 잠든 까만 밤에 내쉰 깊은 한숨이 한낮으로 이어질지라도 우리의 오늘은 계속된다. 집을 나서면 한숨 따윈 지을 줄 모르는, 웃음 짓는 표정의 옷을 갈아입고 타인을 만나는, 아니 만나야만 하는 오늘을 '어른의 삶'이라 부르는 것일까. 그렇다면 어른은 내면에 잔뜩 상처를 받은 채 치료받을 여유도 없이 살아가야만 하는 안쓰러운 존재인가 보다.

"한숨 자. 자고 일어나면 괜찮아질 거야."

"그래, 그 말대로 되었으면 좋겠다."

친구에게 다시 전화해 내가 할 수 있는 최선의 위로를 건넸다. 친구는 조금 안도하는 듯했다. 전화를 끊고 잠시 마음으로 기도했다. 정말로 자고 일어나면 다 괜찮아질 거라고. 실은 나 자신에게 해주던 말이다.

모든 것이 괜찮아질 거야, 잘 될 거야, 자고 일어나면 다 좋아질 거야, 시간이 흐르면 아무것도 아닌 일들이 될 거야.

같은 말들을 읊조리며 시간을 흘려보낸 오늘의 내가 여기 서 있다. 책을 읽고, 글을 쓰면서.

나쓰메 소세키의 산문집 《유리문 안에서》(김정숙 역, 문학의 숲, 2008)는 그의 서재 유리문 안에서 보이는 삶을 이야기한다. 노쇠하고 병든 작가는 유리문 안에 있지만 실은 유리문 밖에 있다. 이쪽에서 보면 유리문 안이 이편이고, 저쪽에서 보면 유리문 안이 저편이다. 소세키의 글을 읽다 '불유쾌함으로 가득한 인생'이란 문장에 눈길이 머문다. 불유쾌, 라니.

보통 불쾌와 유쾌로 나뉠 텐데 '불유쾌'라고 표현함으로써 한 번 더 천천히 문장을 음미하게 된다. 불쾌, 라 하면 절로 인상을 쓰게 되는데 불유쾌, 라 발음해보니 조금 가벼운 불쾌 혹은 조금 무거운 유쾌라 느껴진다. 불유쾌한 인생의 향연에서 '유쾌한 삶이란 무엇일까' 생각하다, 보통날이야말로 유쾌한 삶이 아닐까 싶다.

가만히 누워 하늘을 바라보거나 나뭇잎이 바람에 산들거리는 모습을 보며 하루를 보내는 아름다운 보통날을 늘려가는 일. 마음에 치유의 이불을 덮어주는 일. 그럼으로써 유리문 안에 갇혀 있는 마음을 유리문 밖으로 꺼내는 일. 불쾌하건 유쾌하건 신경 쓰지 않고 살아가는 일. 웃음 뒤의 눈물을 담고 살아가는 서로를 마음으로 안아주는 일.

어른으로 살아가는 오늘의 나에게 필요한 것들이다.

그리고 당신에게도.

차례

4장 두려움에게 인사하는 법

1장

우리는 모두 첫 어른이야

길상사에 가기로 한 날 아침, 비가 내린다. 초고를 끝내면 길상사 인근을 하루 종일 걸어 다녀야지 생각하며 석 달을 보냈는데. 오늘이 바로 그날인데. 강풍과 폭우가 연일 이어진다는 예보를 아침에야 접하며 순간 멍해졌다. 싱어송라이터 시와 님의 〈길상사에서〉를 반복해 들으며 기다린 오늘인데. 어쩌나. 실망스러운 마음을 가다듬으며 음악을 재생한다. 음악의 리듬에 맞추어 가사를 따라 읽으며 낮은 허밍으로 노래를 부른다.

음악이 끝나가자 마음도 조금씩 평온해진다. 때론 한 곡의 음악이 지난한 삶을 버티게 해주는 힘이 된다. 한 번도 가보지 못한 길상사의 전경을 떠올리며 가만히 느껴지는 아름다운 슬픔이라던가, 눈물이라던가, 허무와 같은 감정을 생각한다. 그녀의 노래 가사처럼 행복이 아니라도 괜찮다. 굳이 행복을 위해 애쓰지 않아도 이미 삶은 충만하게 아름답지 않은가. 노래를 연이어 듣다 창밖을 보니 빗줄기가 잦아들었다. 비가 와도 괜찮아, 날이 궂어도 괜찮다고 말하며 커다란 우산을 꺼내고, 비에 젖어도 금방 물기가 마를 만한 옷을 입는다. 굳이 비가 오지 않는 날을 기다려 길상사에 갈 필요가 있을까? 이렇게나 기다린 날인데.

매일 아침 맞이하는 오늘은 처음 살아보는 날이기에 서툴러도 괜찮다. 기대했던 날에 비가 오고 바람이 거세면 어떤가. 바람을 느끼고 비를 맞으며 걷다 보면 햇살에 눈이 부셔 보지 못한 장면들을 만나게 될 테니 구태여 피하지 않으련다. 어떤 것을 핑계로 미루어버리면 그 일은 영영 일어나지 않을 것만 같다. 모르겠다. 이 역시 괜한 오기일지도. 하지만 비가 오는 날 길을 걸어보아야 비를 피하는 방법도, 우산을 쓰는 방법도 알 수 있지 않을까.

우리는 모두 첫 어른이다. 그래서 늘 사는 게 서툴지만, 서툰 게 당연하다. 당연한 일이다.

누구나
청춘을
지난다

  물, 공기, 바람 같은 것들을 애써 노력하지 않아도 누릴 수 있던 시절이 있었다. 매일 미세먼지 수치를 확인하며 걱정하지 않고, 맑은 하늘을 바라보며 마음껏 숨을 쉴 수 있던 시절이 있었다('있었다'라고 적으며 씁쓸하고 슬퍼진다). 당연하게 누린 것들이 언제까지나 무한한 것인 줄만 알았는데……, 이제 가만히 있어도 거저 얻을 수 있는 건 존재하지 않는 걸까.

  생각해보니 아직도 우리가 애쓰지 않아도 얻을 수 있는 것이 남아 있다. 셀 수 없이 불공평한 게 많은 세상에서 공평하게 얻을 수 있는 것, 바로 '청춘'이다.

이상은의 〈언젠가는〉 노랫말처럼, 젊은 날엔 우리가 얼마나 눈부시게 아름다운지 모르고 보낸다는 것만 빼면 청춘의 시간은 더없이 완벽한 삶의 선물이다. 젊음이 노력하지 않아도 선물처럼 찾아오듯 나이가 들어가는 시간은 원치 않아도 찾아온다. 다행인 사실은, 삶이 유한하다는 점이다. 유한한 삶과 청춘이기에 아껴가며 야금야금 사랑해준다.

삼십 대 후반이 된 지금, 청춘의 끝자락에 있는지 이미 끝났는지 잘 모르겠다. 백발이 성성하고 눈이 반짝거리는 노년은 청춘일까, 아닐까? 마음에 청춘을 간직하고 있는 사람과 현재의 청춘이 아름다운 줄 모르는 젊은이 중 누구를 청춘이라 부를 수 있을까?

눈빛이 시들어가는 게 두렵다.
주름이 지는 것도 슬프지만 생각이 늙어가는 게 두렵다.
생에 대한 호기심이 줄어들까 두렵다.
글감을 찾는 일에 게을러질까 두렵다.

이리도 두려운 게 많은 걸 보니, 아직 나는 청춘인가 보다.

우리는
모두
첫 어른이야

길을 걷는 건 언제나 흥미롭다. 걸으며 만나는 표지판과 수많은 간판의 문구, 스쳐 지나가는 사람들의 표정까지 찬찬히 살펴보면 모든 순간이 처음처럼 낯설게 느껴진다. 매번 가는 길도 처음 가는 길인 듯. 그러고 보면 매일 눈을 뜨며 맞이하는 오늘도, 늘 새로이 살아보는 처음이구나.

그래, 아무리 어른인 것 같아도
아무리 나이가 들었다 해도
나의 오늘은 늘 처음이지.
그러니까 우리는 모두 오늘이 첫 어른이야.

실수하고 실망스럽고 뭐 하나 마음에 드는 구석 없는 것 같은 나라도, 괜찮다고 두 팔 벌려 껴안아주자. 처음부터 잘하는 이는 아무도 없다. 모두 알아버려 어떤 것에도 시큰둥한 태도로 젊은 날을 살아가는 지루함을 견디는 것보다 서툴기 때문에 흥미로운 게 인생이기도 하니까.

어제의 실망스러운 나에게 술 한잔 따라주어야겠다. 시원하게 들이킨 뒤 말해주어야지. 첫 어른으로 사느라 수고가 많다고. 기대했던 내일의 나에게 다시 실망하는 날이 올지라도 개의치 말라고. 근사한 미래를 동경하고, 어른임에도 진짜 '어른'이 되기를 갈망하는 건 혼자만의 꿈이 아니라고. '어른'도 '어린이'도 아닌 것 같은 경계에서 살아가는 세상 모든 첫 '어른이'들에게 건배를 외친다.

"모두, 첫 어른이로 사느라 수고가 참 많습니다."

길을
잃어도
괜찮아

여행을 떠나오면 사소한 낯섦도 감동으로 다가온다. 이미
알고 있는 길을 갈 때보다 한 번도 가보지 않은 길을 갈 때, 우
리는 오감을 곤두세우고 주변을 살핀다. 목적지를 향해 가는
걸음을 확인하고, 낯선 길 위에서 만나는 풍경에 감탄을 한다.
길을 잃어도 괜찮다. 어차피 여행이니까.

한데 나는 일상에서도 길을 종종 잃는다. 일부러 잃어버린
다, 라고 말하며 멋져 보이고 싶지만 실은 심각한 길치에 지도
치에 방향치다. 분명 지도어플을 보면서 걸어가고 있는데 점
점 내 위치가 목적지의 방향에서 멀어지는 마법을 경험한다.

그런데도 처음 가보는 공간을 발견하는 기쁨을 좋아해 대부분 새로운 곳으로 찾아가는 탓에 자주 길을 잃는다.

길을 잃는 삶을 살다 보면 이점이 많다. '이쪽으로 가면 왠지 목적지가 나올 거 같아'라는 감이 생긴다. 지도가 알려주는 방향을 보지 못하니 충실히 감각을 동원하고, 사람들에게 물으며 자세히 길 위를 들여다본다. 이 신묘한 능력은 다른 일에도 발휘되는데, 예를 들어 '지금 이 정도 힘든 일을 버티다 보면 곧 빛이 보일 거 같아' 혹은 '이 시기를 지나면 좋은 일이 생길 것 같아' 등 무엇 하나를 잃으면 다른 하나가 주어지는 생의 이치를 깨닫는다. 한 걸음씩 걷다 보면 길 위에는 모든 인생이 있다. 그 인생 하나하나의 표정을 살피다 보면 어느새 목적지에 도착한다.

낯설지만 길을 잃기도 하는 여행 같은 삶을 사는 것. 지루한 일상에 지쳐 있다면 가끔은 일부러 길을 잃어보는 건 어떨까. 멀리 떠나지 않아도 새로운 자극을 수혈받을 수 있다.

'어떻게 살 것인가'에
대하여

십 년 전쯤 친구들의 고민은 대부분 취업이나 연애였다. 각자의 자리에서 '어떤 일을 하며 살 것인가'를 고민하며 회사에 취업을 하고, 자영업자나 프리랜서로, 자신에게 맞는 일을 찾고 성실한 근로자로 살아간다. 이후 고민은 '미래를 맡기기에 이 직장이 괜찮은가'로 바뀌었고, '은퇴 이후는 어떻게 살 것인가'로 이어지고 있다.

정년을 보장받는 일은 적어지고 조기퇴직은 많아졌다. 이제 더 이상 "이 회사는 내가 있을 곳이 아니야"라는 배부른 소리를 하지 않는다. 그저 매일 출근할 장소가 있음에 다행이라며 힘들더라도 버티고, 외로워도 버티고, 슬퍼도 버틴다.

최근 친구가 대기업으로 이직을 했다. 오랜 시간 준비해온 꿈이었기에 진심을 다해 축하해주었다. 역시, 준비하고 노력하고 오랫동안 꿈을 그리면 그 꿈에 닿는구나 생각하며 축배를 든 지 얼마 지나지 않아 친구가 아프다는 소식이 들려왔다.

유쾌하고 밝아 함께 있으면 태양처럼 주변을 비추던 친구는 시들시들 시들기 시작했다. 상사의 언어폭력과 대인관계의 어려움으로 꿈꾸던 일까지 타격을 받자 마음과 몸에 병이 함께 온 것이다. 나는 시원하게 말해주고 싶었다. "당장 그만둬! 그따위 회사 때려 치워!"라고.

하지만 우리 앞에 닥친 생의 무게와 어김없이 날아오는 고지서와 책임져야 할 가족의 생계까지 양어깨에 짊어진 친구에게 차마 그 말을 할 수 없었다. 숨을 고르고 자체적으로 묵음 처리를 하며 다른 말을 했다.

"고기 사줄게, 그리고 너의 삶이 평안해지길 기도할게."

힘들다고 도망칠 수 있는 치기 어린 젊음이 갔다. 모두에게 공평하게 주어졌던 젊음은 노력하여 얻지 않았기에 소중한 줄 모르고 지나갔다. 자연스레 쌓인 나이와 경험은 연륜이라는 이름으로 곁에 남는다. 연륜 덕분에 우리는 견딘다. 지금 도망

치면 어디로도 갈 곳이 없음을 알기에.

어른의 삶이 이토록 쓸쓸하고 이토록 애처롭다. 이 시절의 고민이 지나가면 또 어떤 고민이 우리에게 닥칠까? '어떻게 살 것인가'에 대한 고민이 해소되기는 할까? 해소되는 그날에, 아마 다른 짐을 짊어지겠지…….

전화가 울린다.

"미치겠어, 너무 힘들어. 내가 지금 뭐하고 있는 건지 모르겠어."

종종 내가 삶의 고단함을 호소하곤 했는데, 이번엔 친구가 수화기 너머에서 랩을 한다. 그딴 회사 때려치우라는 치기 어린 말 대신 친구가 한바탕 쏟아내어 해소될 때까지 귀를 기울여 들어줄 차례다. 이야기를 끝낸 친구는 내일도 아무 일 없다는 듯 성실히 살아내겠지.

어떻게 살지는 잘 모르겠지만, 삶에서 무엇이 필요한지는 알 것 같다. 어른에게 필요한 건 고단함을 토로하고 싶을 때 들어줄 수 있는 귀와 열린 마음을 가진 친구 아닐까.

마음의 낮

자주 가서 작업을 하는 동네 카페가 있다. 프랜차이즈이지만 3층으로 올라가면 대형 독서실에 온 것처럼 조용하다. 그곳을 찾는 사람들은 일을 하거나 공부에 집중하며 자기만의 시간을 보내곤 한다.

비 내리는 일요일, 백팩을 메고 글을 쓰러 카페에 들어서자 낯익은 얼굴이 보였다. 열중해서 일을 하고 있는 옆 동네에 사는 K였다. 왜, 자주 만나진 않더라도 마음이 가는 이가 있지 않나. K가 그런 친구다. 너무 반가워 곧 일어서야 하는 K의 앞에 앉아 이런저런 이야기를 나누다, 일거리를 꺼내 작업을 시작했다. 오랜만에 우연히 만나 짧은 안부를 나누고 마주 앉아

일할 수 있는 사이라니.

"사실, 저 낯 가려요. 마음의 낯."

나의 말에 K는 가만히 고개를 끄덕인다. 우리의 첫 만남은 오랜만에 나간 모임에서 너무 많은 인원에 당황스러워 내가 무슨 말을 하고 있는지 모른 채 재잘거리고 웃던 날이었다. 그날도 나는 "저 낯가려요"라고 말을 했다고 한다. 그날의 K는 웃었고, 오늘의 K는 고개를 끄덕인다.

'낯가린다'는 말에 사람들의 반응은 비슷하다. 알게 된 지 얼마 안 된 사람들은 대폭소를 하고, 오랜 시간 곁에서 나를 봐온 사람들은 고개를 끄덕거린다. 내겐 불편하면 말을 많이 하고, 과장되게 웃는 습성이 있다. 반면 편안한 사람과 있을 때는 대화하며 가만히 미소 짓거나 생각에 잠긴다. 말을 적게 나누어도 어색하지 않으니 일부러 화제를 이어가려 애쓰지 않는다. 이야기를 나누다 서로 다른 생각에 잠기기도 하고, 책을 읽다 아무렇지 않게 다시 대화를 이어가도 편안한 사이일 때 비로소 마음의 낯을 가리지 않게 된다.

어른이 되어 좋은 것 중 하나는, 굳이 낯가리는 성격을 고치려고 시도하지 않는다는 것이다. 혼자 있길 좋아한다면 혼자 있으면 되고, 사람들과 어울리길 좋아한다면 함께 있으면 된다. 함께 있지만 함께 있지 않은 것처럼 붕- 떠 시간과 에너지를 허비할 필요 없지 않나. 낯을 가리는 성격도 나쁜 게 아니라 다른 것뿐이니까. 함께 먹은 밥그릇이 쌓여가는 만큼 추억이 하나씩 생기고 천천히 가까워지는 사이가 좋다. 서서히 가까워지면 마음의 낯도 스르륵 풀리기 마련이니까.

조금 더
나은 사람이
될 수 있을까

　어제는 나에게 꽤 많이 실망한 하루였다. 그렇게 화를 내면
안 되는 거였는데, 그런 식으로 말하면 안 되는 거였는데. 말
을 뱉으면서도 이 문장이 끝나고 나면 후회하겠지 생각하며
마침표를 찍기도 전에 후회했다.

　어쩜 이리 성숙하지 못하고 사회성이 없는지. 자책과 반성
은 늘어가지만 성숙한 사람이 되기는커녕 실수가 줄어들지도
않는다. 어른이 되면 세상을 구하는 위인은 아니더라도 최소
한 어제보다는 조금 더 나은 사람이 될 줄 알았는데…….

　내가 조금 더 나은 사람이 될 수 있을까? 그래, 늦지 않았어.
방금 뱉은 말을 사과하자. 실수였다고, 말을 하면서도 후회했

다고. 진심으로 마음을 전하자.

'미안해, 오늘 내가 실수했어.'

휴대폰을 들어 문자를 쓰고 전송 버튼 앞에서 한참을 고민하다 지웠다. 다시 문자를 쓰고는 눈 딱 감고 전송 버튼을 눌렀다. 어렵게 전한 진심이 잘 전해질 수 있을까 조마조마한 마음에 알람을 무음으로 바꾸고 침대로 던져버렸다. 답장이 올지 안 올지 확인하지 않아야겠다. 벌렁거리는 심장을 진정시키려 연신 물을 마신다.

이렇게 한 번, 두 번 연습하다 보면 최소한 일 분 전의 나보다는 괜찮은 사람이 될 수 있겠지. 차근차근, 성실히. 영글어갈 수 있을 거야.

흔들려도
괜찮아

나무의 말이다.

바람에 당당히 맞서는 나무가 말을 건다.

세차게 흔들려도 뿌리 뽑히지 않는 나무 곁에 앉아 가만히
나무의 말을 듣는다.

"흔들려도 괜찮아."

선택도
연습이
필요하다

얼마 전, 제안받은 일에 대해 몇 달을 고민한 끝에 거절 이메일을 보냈다. 혹할 만한 제안이기도 했고, 그 일을 한다면 지금보다 커리어 면에서 성장할 것을 예상했지만 이유 모를 찝찝함이 가슴 한편에 있었다. 담당자를 만나 여러 번 회의를 거쳐보아도, 내 안에 명쾌한 대답이 나오지 않았다.

사회생활을 한 지 벌써 십칠 년이나 되었지만 매번 선택은 어렵다. 결국 거절 의사를 밝히자 실망하는 듯한 상대편의 목소리에 이내 마음이 무거워졌다.

'그 일을 했어야 했나?'

'나는 그 일을 왜 거절했지?'

세상에서 가장 쓸데없는 감정노동이 이미 지난 일을 후회하는 거라지만, 같은 실수를 반복하지 않으려고 내 안에 마침표가 찍힐 때까지 고민하는 습성 탓에 며칠 밤을 지새우곤 한다.

'그래, 그 일을 하면 내가 행복하고 재미있게 진행하지 못할 것 같았어.'

프리랜서로 살아온 지 십일 년. 어떤 일을 선택할 때 가장 중요하게 생각하는 요소는 다른 무엇보다 그 일을 하는 내 마음가짐이다.

생각하고, 글을 쓰고, 말하는 일을 하고 있으니 내 안에서 즐거워야 일을 하는 시간이 즐겁고, 작품과 결과물도 만족스럽다. 한데 많은 이득을 가져다줄 게 빤하지만 그 일을 하면서 정작 내가 즐겁고 행복하지 않다면 벗어나고자 발버둥 칠 것임을 잘 알고 있다. 이토록 편하게 벌어먹고 살기 글러 먹은 성정을 가진 나이기에 사는 게 늘 어렵다.

선택에 후회하지 않을 자신 따윈 없음을 안다. 시간이 지나 놓친 것들을 아쉬워할 수도 있겠지만, 후회하고 아쉬워하는 건 인간이 가진 아름다운 감정의 일부분이니까 일부러 고치려고 노력하지 않는다. 생각의 마침표가 찍어졌다. 후회하지 않

을 자신은 없더라도 오늘은 편안히 잠을 잘 수 있겠다. 이 정도면 족하다. 선택에도 연습이 필요하다. 현명한 선택이라는 건 결국 본인이 얼마나 만족하느냐에 달린 것이니까.

편의점에서
먹는
한 끼

자유를 찾아 떠나고 싶지만 안정을 깨버리고 싶지 않다.

체 게바라처럼 혁명을 일으키고 싶지만 눈에 띄긴 싫다.

배는 고프지만 성실히 음식물을 씹고 싶지 않다.

공허하고 외롭지만 누군가를 만나 수고로운 시간을 보내고 싶지 않다.

퇴근 후 약속 없는 저녁 시간, 거리를 걸으며 양가감정이 충돌한다. 일이 힘들지 않은 사람이 어디 있겠냐마는…… 하고 있는 일들을 때려치우고 가볍게 훨훨 날아오르고 싶지만, 무작정 강행할 용기는 이제 무책임으로 불릴 나이가 되어버렸다.

가로등 불빛은 알록달록하고 사람들은 유리문 밖에서 보기
엔 즐겁다. 유리문 안, 그들의 마음도 즐거운지는 알 수 없다.
웃고 있는 이들의 웃음이 진짜 웃음인지 생각하며 걷다가 짙
은 허기에 혼자 갈 만한 배를 채울 식당을 찾아 헤맨다. 배는
고프지만 누구와도 말을 섞고 싶지 않고, 시선도 받고 싶지 않
다. 몇 걸음 걷다 이내 작은 편의점 안을 살펴본다.

얼굴에 기미가 가득 낀 중년 여자가 계산대 앞에 앉아 있다.
여자의 무력감이 마음에 들었다. 편의점 문을 열고 들어가 라
면 코너에서 한참을 서성인다. 배는 고프지만 역시 먹고 싶은
라면은 없다. 손에 집히는 대로 라면과 물을 들고 계산대로 간
다. 중년 여자의 끝이 삐죽하게 뻗친 단발머리에 무심히 시선
을 두고 계산이 끝나기를 기다린다. 라면에 물을 붓고 익길 기
다리며, 보내야 할 돈들과 나가야 할 카드 값과 장을 볼 목록
을 생각한다. 생각의 길이만큼 목록도 길다.

부쩍 자라는 아이의 신발과 내복, 귀차니즘에 그냥 두었더
니 반도 넘게 떨어져 너덜거리는 욕실 슬리퍼, 가득 채우고 뒤
돌아서면 먹을 게 없는 블랙홀 같은 냉장고를 채울 음식 재료
들, 읽고 싶은 책들, 가고 싶은 여행지까지의 거리, 눈에 아른

거리는 지난주에 본 귀걸이, 다음 달 친척 결혼식에 입을 남편의 양복 같은 것들을 생각하다 가족들 경조사에 들어갈 비용이 얼마가 필요한지 헤아려본다. 여행은 당분간 자제해야겠네. 아쉬우니까 귀걸이라도 하나 사러 갈까? 아니야, 지금 있는 액세서리들도 차고 넘치는데.

'아차, 나는 라면을 먹으러 왔지.'

라면을 열어보니 퉁퉁 불어 있다. 불어버린 라면을 입에 넣자 뱃속에서 더 부풀어 허기진 위장을 채운다. 몸에 감도는 온기가 헛헛한 마음에도 들어온다. 계산대의 중년 여자는 한 마디도 건네지 않는다. 농이라도 건네지 않는 무심함이 오늘 나에게 필요했는지도 모르겠다.

후루룩, 후루룩. 두 젓가락쯤 남긴 컵라면을 한 뼘밖에 되지 않는 좁은 선반에 내려놓는다. 젓가락을 꺾고 나머지들을 쓰레기통에 버린다. 가방을 고쳐 메고 편의점 문을 열어 후- 하고 숨을 내쉰다. 내쉬는 한숨에서 불어 터진 라면 냄새가 올라온다. 생의 냄새인가.

적당히 차가운 온도의 바람을 맞으며 길을 걷는다. 오늘도 이렇게 하루가 간다.

어른에게
필요한
용기

더 이상 열심히 살지 않을 용기.

고통 속에서 도망칠 용기.

시시한 나를 인정할 용기.

친구에게 열등감 느끼는 나에게 실망하지 않을 용기.

비겁하게 숨어 있다고 자책하지 않을 용기.

이 길이 아닌 걸 알았을 때 뛰쳐나올 용기.

게을러도 괜찮다고 말할 줄 아는 용기.

시시하면 어떠냐고 반문하는 용기.

고단한 일상을 벗어나 훌쩍 여행을 떠날 용기.

부당함을 호소할 수 있는 용기.

돌부리에 걸려 넘어질 걸 알면서도 뛰어가보는 용기.

넘어지더라도 다시 일어설 용기.

웃고 싶지 않은 일에도 잇몸을 드러내 웃을 줄 아는 용기.

그래도 싫을 때는 과감히 정색할 용기.

건강을 위해 시간과 비용을 투자할 용기.

용기 내었다 해도 매번 비겁해지는 자신을 정면으로 바라볼
용기.

졸렬한 자신을 인정하고 이해해줄 용기.

무엇보다 필요한 건

있는 그대로의 나를 좋아해줄 용기.

이 많은 용기가 하나도 없더라도

괜찮다고 생각하는 용기.

이봐요,
당신 삶이
참 아름다워요

어른이 되었구나, 라고 나 자신을 기특하다 느끼며 살 때는
사실 많지 않다(아직까지는). 오히려 '나는 아직 어른이 되려면
멀었네' 싶은 느낌이 들 때가 많다. 문득 책을 읽으며 사색하
다 누군가의 삶을 떠올릴 때가 있다. 인물의 행동에서, 한 줄
의 문장에서 어떤 이가 떠올라 한참을 생각 속에서 그와 대화
하곤 한다. 그의 모습을, 삶을 되짚으며 기억을 더듬는다.

이봐요, 당신 삶이 아름다워요.

_고수리, 《우리는 이렇게 사랑하고야 만다》, 수오서재, 2019

고수리 작가의 책을 펼쳐 프롤로그 첫 줄을 읽고, 또 읽었다. 이 문장을 읽으며 문득 아버지가 떠올랐다. 올해 칠순을 맞은 아버지의 어깨가 생각보다 좁아 보였던 지난 주말. 늘 크고, 강하고, 무서운 사람이었는데. 삶의 무게에 휘청대도 자식들에게 내색하지 않으면서 감당해야 할 일들을 해내던 사람이었다. 그 시절의 아버지는 대단한 어른인 것 같았는데, 지켜보았던 아버지의 나이를 이제 내가 지나가며 느끼는 건, 아버지도 나처럼 어른임에도 어른인 줄 모르는 사나이가 아니었을까 싶다는 것이다. 두려움을 느끼면서도 표현할 수 없는, 일찍 철이 들어야만 했던 사나이가 아니었을까.

자유롭길 원하면서도 틀 안에서 단정했던 남자. 호탕하고 호방해 주변에 늘 사람이 모여드는 남자. 언변이 훌륭해 앞에 서는 일이 허다하면서도 혼자만의 시간을 보내야만 사람들과 섞일 수 있는 남자. 외모, 성향, 성품 모두 아버지를 똑 닮아 있는 나는, 살아낼수록 점점 그를 이해하게 된다.

젊고 푸른 사나이, 뜨거운 피를 가졌지만 책임질 게 많아 발이 묶여 슬픈 사나이, 소리 내어 울지 않아도 우는 게 느껴지던 성난 사나이. 그럼에도 찬란하게 빛나던 젊은 사나이. 머리가 하얗게 센 노년이 되어서도 가슴의 불을 끄지 못하지만 이제는 자유롭게 웃을 줄 아는 사나이.

지금의 내 나이를 견디던 아버지에게 말해주고 싶다.

"이봐요, 당신. 칠십 해의 삶이 참 아름다워요. 내가 알지 못하는 당신의 세계도, 앞으로 남은 당신의 삶도 모두 아름다워요. 굳이 혈육관계를 떠나 보더라도 당신은 참 멋진 사람이에요. 나는 당신을 닮은 딸이어서 좋은걸요, 꽤나."

앉은
자리가
꽃자리임을

　몇 년 전, 욕심을 내 무리해서 집을 샀다. 기쁨도 잠시 버거운 대출 이자에 허덕이다 분수에 맞는 집으로 이사를 했다. 이자를 내지 않고 사는 삶의 쾌적함에 감탄하며 지내다 보니 집에 있는 큰 가구들이 눈에 거슬리기 시작했다. 이전 집에선 공간을 꽉 채울 요량으로 큰 가구들을 들였다. 그곳에서 오랜 시간 나이 들어갈 꿈을 꾸며 정성스레 집을 꾸몄었다.

　평수를 줄여 이사 온 집에 들어찬 짐들이 답답하게 보였지만, 우리 집에 당연히 있어야 하고 필요한 것들이라 생각했다. 김치냉장고는 무조건 큰 걸 들여야 한다던 엄마가 사준 김치

냉장고를 둘 곳이 없어 옷과 책상, 김치냉장고를 한방에 살게 했다. 쌀을 꺼내러 방에 들어가 김치냉장고를 여는 불편을 겪으면서도, 냉장고의 반이 비어 있었음에도 방에 얹은 짐을 치울 줄 몰랐다(심지어 집에서 김치는 나만 먹는다). 집 안에 짐이 있는 게 아니라, 짐을 위해 집이 필요한 꼴이다. 짐에게 얹혀 사는 인간들이라니……

세 명이 사는 집에 거실 한가득 들어찬 소파와 커다란 아일랜드 식탁, 4인용 식탁을 답답하게 느낀 건, 욕심내지 않아도 오늘 내 삶이 꽤 괜찮다고 여기면서부터다. 하고 싶은 일을 하며 살아가고, 아이가 건강하게 웃으며 자라고, 나무와 햇빛을 느끼며 살 수 있는 여유가 생긴 것이다. 쓰고 싶은 글을 쓸 수 있고, 책을 읽을 수 있고, 맛있는 커피 한 잔과 음악이 내게 있으니, 좋지 아니한가?

앉은 자리가 꽃자리다. 꽃밭을 알아볼 수 있는 여유는 내 안에서 나온다.

커다란 소파를 들어내고, 애물단지 김치냉장고도 엄마 집으로 보냈다. 시집간 세 딸의 손에 들려 보낼 음식들을 보관해야 하는 엄마에게는 이미 여러 대의 김치냉장고가 있지만, 내가 보낸 냉장고도 기꺼이 받아주신다. 엄마는 식구들을 잘 먹이는 것이 최선이라는 가치관을 가진 사람이고, 나는 간소하고 간편한 식생활을 선호하는 사람이다. 물건을 버리며 알게 된 건 고유한 나의 취향이었다. 부모의 생활습관이 내 것임을 의심치 않던 나와, 부모에게 독립해 내 취향과 습관이 무엇인지를 발견해나가는 내가 있다. 살아간다는 건 내가 누구인지, 어떤 사람인지를 끊임없이 발견하는 과정이 아닐까. 그러고 보면 내가 버린 것들은 단순히 가전제품만이 아니라, 오래된 가치관과 취향이었다.

낡은 커튼을 떼어내고, 불필요하게 커다란 짐들을 버리고, 신지 않는 신발과 옷들을 정리했다. 짐을 정리하며 생긴 공간만큼 동선이 편해졌다. 점점 집에 머무는 시간이 좋아졌다. 물건에 대한 집착과 욕심을 내어주니 오늘 나의 일상 속 고마움이 보인다.

그러나 나는 안다. 지금은 비웠다 한들 어느 날 다시 욕심이 스멀스멀 몰려올 것을. 방을 꽉 채우고 싶은 욕심이 몰려올지라도 괜찮다. 방을 비웠을 때의 여유를 경험했으니, 몰려온 욕심을 몇 날 며칠 고민하다 떠나보낼 것임을 예감한다. 행여 다시 어떤 물건으로 채운다 한들 그것 역시 괜찮다. 욕심 많은 모습도 나고, 비울 줄 아는 모습도 나니까. 둘 중 어느 편이 옳고 그른지 구분하며 스스로를 괴롭히는 행동을 멈추기로 했다.

어른이 된다는 건 서글프기도 하지만 경험을 통해 아는 것이 늘어가니 근사하기도 하다. 앉은 자리가 꽃자리. 집에 빛이 머무는 시간, 짐을 드러낸 공간을 서성이며 여백을 만끽한다.

2장

달콤쌉싸름한 어른의 맛

진한 숙취에 눈을 뜨자마자 속이 쓰려온다. 라면을 끓여 국물을 마실까 하다 몸에게 미안해진다. 김치찌개를 끓여볼까, 삼일 전에 끓여둔 된장국에 밥을 말아 엄마표 열무김치에 고추장 살짝 넣고, 석석 비벼 우걱우걱 먹을까. 머릿속으로 먹는 상상을 숱하게 하다 허기에 지쳐 침대에서 부스스 겨우 몸을 떼어낸다.

　이대로라면 상상 임신 수준의 상상 식사다. 주방으로 걸어가 상상 음식과 다르게 손은 사과를 꺼내 깎는다. 의식의 흐름대로 차 바구니에서 합정동 앤트러사이트에서 산 드립커피를 꺼낸다. 드립백은 커피콩을 갈거나 드립종이를 깔지 않아도 간편하게 향긋한 커피를 마실 수 있다(갈수록 편한 것을 찾다니). 오늘은 진하게 내려야지, 중얼거리며 물을 끓인다.

커피와 작업은 떼려야 뗄 수 없다. 작업을 시작하려면 자연스레 커피가 필요하다. 나 외에도 커피를 사랑한 문인들이 많다. 카페인 각성 효과가 정신을 깨어나게 하는 걸까? 프랑스 소설가 오노레 드 발자크는 쉰한 살이라는 길지 않은 생에서 백여 편의 장편소설, 단편소설과 수많은 희곡을 쓴 작가이다. 그는 하루 열여섯 시간씩 글을 쓰기 위해 오십 잔의 커피를 마셨다고 한다. 쉴 새 없이 커피를 들이키며 글을 썼을 발자크의 간절한 심정을 생각하니 괜히 마음이 먹먹하다.

술이 덜 깼나, 아침부터 근사한 커피 향을 맡으며 몽상에 빠진다. 커피를 마시기도 전에 풍부한 향에 기분이 좋다. 처음부터 커피가 좋았던 건 아니다. 처음 회사에 들어가고 오전에 마시는 봉지커피에 서서히 길들여지며 커피를 좋아하기 시작했다. 커피를 마시는 순간은 팍팍한 회사 생활 속 쉼이자 오아시스를 발견한 기분이 들게 했다. 그러고 보니 처음 아메리카노를 맛보았을 때 들었던 생각은 '재떨이'였다. 대체 이렇게 쓴

물을 왜 돈 들여 사 마시는지 이해할 수 없던 스무 살의 내가, 커피 향만으로 기분 좋아지는 삼십 대 후반의 나를 만나면 어떤 표정을 지을까.

잔을 입으로 가져오는 찰나의 순간에 이토록 설렐 나를 상상할 수 없겠지(키스를 기다리는 마음과 유사하다면 이해가 되려나). 만약 누군가 내게 어른의 맛을 논하라면, 단연 커피라고 할 수 있겠다.

자, 이제 몽상을 원고로 옮기며 하루를 시작할 시간이다. 오른손에 든 잔을 왼손으로 옮기며 노트북 전원을 켠다. 부팅이 완료되길 기다리며 손에 든 커피를 한입 머금고 천천히 삼킨다. 잔을 내려두고, 문장을 적는다.

'달콤쌉싸름한 어른의 맛.'

아직도 어른이 되어가는 중이지만, 스무 살의 나에게 이것만은 확실히 말해줄 수 있다. 너는, 너의 삶을 꽤나 마음에 들어 하고 있다고. 그러니 더없이 삶이 초라하다 생각되는 그날에도 자신을 포기하지 말라고.

한참을 작업하다 보니 어느새 잔이 비어 있다. 잠시 쉬어갈 시간. 목을 한 바퀴 돌리고 이번엔 따뜻한 물을 마시러 일어선다. 숙취는 사라졌다.

인생은
마라톤이
아니다

　무라카미 하루키는 달리기 사랑이 대단하다.《달리기를 말
할 때 내가 하고 싶은 이야기》라는 책을 출간하기도 한 칠순
의 대작가는 매일 달리기를 하고, 하루에 원고 20매를 꼬박 쓰
며 숱한 명작을 남겼다. 나도 그처럼 건강을 챙겨 오래도록 글
을 쓰고 싶어 달리기를 해보기로 했다. 오랜만에 운동복을 갖
춰 입고 집 인근 공원으로 향했다. 나름대로 준비운동을 한
후 운동장 열 바퀴를 뛰어보겠다는 포부로 전속력을 다해 달
렸다. (하아, 열 바퀴는 달린 것 같은데……) 고작 반 바퀴를 뛰었
을 뿐인데 속도는 확연히 느려졌다. 헬스클럽이 아닌 햇빛 아
래에서 땀을 내고 샤워한 후의 상쾌함을 느끼고 싶어 오기로

계속 달렸다. 그런데 달릴수록 무릎이 아파왔다. 저질체력인 나를 고려하지 않고 무식하게 달렸기 때문이다. 빨리 달린다고, 오래 달린다고 해서 능사가 아닌데. '빨리'와 '오래'가 아닌 '제 속도에 맞추어' 달려야 하는데. 문득 얼마 전 받은 건강검진에서 갑상선 항진증이 우려된다며 "산책하는 공주처럼 사세요"라던 의사의 말이 뇌리를 스치고 지나간다. 달리기 대신 산책이나 할걸, 자신의 상태에 무지하면 몸이 고생이다.

자신을 충분히 고려하지 않고 무작정 남을 따라가는 것은 위험하다. 인생은 마라톤이 아니다. 저마다 속도와 거리도 다르고, 결승선도 없다. 결승선에 들어간 듯 보이지만, 새로운 결승선이 또 눈앞에 기다리고 있다. 어떤 무리에 휩쓸려 무작정 달리거나 나처럼 누군가를 동경해 맞지 않는 방법으로 달려본 적 있다면 이제 멈추어 서야 한다.

뛰다 힘들면 쉬면 되고, 뛰는 게 맞지 않다면 걸으면 된다. 앞으로 걷는 게 싫다면 뒤로 걷거나 옆으로 걸어도 된다. 갈증이 나면 참지 말고 물을 벌컥벌컥 마시고, 예쁜 카페를 만나면 목적지는 잠시 잊고 안으로 들어가 노닥거려도 좋다. 가던 길이 마음에 들지 않으면 다시 되돌아와도 된다.

인생은 마라톤이 아니다.

정해진 길도, 방법도 없다.

그렇게
어른이
되어간다

어른이 되어 좋은 점은, 좋아하는 것을 두고 최선의 결과를 얻기 위해 아등바등하는 소모가 줄었다는 것이다. 무언가를 하나씩 해나가면서 스스로가 기특해진다. 이만치 살았음에도 아직도 모르는 게 많고, 배울 게 많다는 사실이 생을 흥미롭게 만든다. 전에는 무엇을 좋아하는지도 모르고 무턱대고 타인을 따라 배우고 시도했다면, 지금은 차근차근 좋아하는 것을 찾아갈 줄 아는 혜안이 생겼다.

취향을 찾아가는 연습도 늘었다. 여가 시간을 활용하기 위해 무엇을 해야 할지 고민하며 요가도 배워보고, 피아노도 배워보고, 쿠키 굽는 것도 배워본다. 도자기를 만드는 원데이 클

래스에도 다녀왔다가 꽃꽂이 강습도 받아본다. 이럴 땐 어른이라는 사실이 참 좋다. 나만의 취향을 알아가는 과정이니 하나를 꾸준히 하지 못한다는 타박을 받지 않아도 된다. 원치 않으면 언제든지 그만둘 자유도 있다.

나의 그림 선생님 D는 요리 배우는 걸 좋아한다. 소바 만드는 방법을 알고 싶다며 일본 소바 장인의 수업을 찾아가 정성스레 면이 만들어지는 과정을 목도하고 설명을 듣는다. 양식을 좋아해서 코스요리를 만드는 과정에 등록하기도 한다.

그런데 D는 요리하기를 좋아하지 않는다. 배우고 돌아오면 다시 그 요리를 할 마음이 들지 않는다고 했다. 배운 요리를 해보았지만, 자신의 취향은 '하는 것'보단 '배우는 것'임을 알았다. "일 년에 한두 번은 요리하니까 그때 만들어줄게"라며 웃는 D를 보며, 스스로를 잘 안다는 것은 스트레스를 받지 않는 또 다른 방법이구나 싶어 따라 웃었다. 굳이 요리를 하지 않더라도 새로운 요리가 만들어지는 과정을 함께 하며 즐기는 것, 그것이 취미 아닐까.

우리는 사는 내내 새로운 자신을 발견한다. 좋아한다고 생각한 것을 취미로 시작했는데 스트레스를 받기도 하고, 의외로 너무 안 맞아 놀라기도 한다. 내게는 기타를 치며 카를라 브루니의 〈you belong to me〉를 직접 부르는 오랜 로망이 있다. 하지만 악보도 제대로 읽을 줄 모를 뿐만 아니라 기타를 치면 굳은살이 생겨 글쓰는 손이 상할까 봐 망설이다 배우지 않았다. 그럼에도 기타를 '좋아한다'고 생각했던 나는, 올해 일월에 굳은 결심을 하며 기타를 샀다(고민만 하던 것을 결심하기에 일월 일일은 어쩌나 좋은 날인지!).

기타 레슨을 두 번 받고 깨달았다. 나는 기타 연주를 '듣는' 걸 좋아한다는 걸.

사실, 기타를 배운다고 할 때 집사람은 말했다.

"기타는 인테리어 용품으로 좋지. 초보자용이니까 가장 저렴한 제품으로 사고, 꼭 기타용 스탠드를 함께 사도록 해."

.

.

.

예감은 틀리지 않았다.

인테리어 용품으로 단아하게 자태를 뽐내는 기타를 바라보며 카를라 브루니의 음악을 틀었다. 싱그러운 초록 나뭇잎과 오월의 햇살을 닮은 그녀의 음악을 들으며, 좋아한다 믿었던 기타 치는 행위를 더 늦기 전에 '경험'해본 기특한 나에게 믹스커피 한 잔을 선물로 준다.

좋아하는
'일'을 하며
산다는 것

　쓰고 싶은 글감이 잘 풀리지 않아 노래 가사를 적어본다. 뭐라도 손을 놀리면 생각이 파생되어 글이 나올까 하는 실낱같은 기대로.

　오늘은 글렀다는 걸 알지만, 쉽게 포기하고 싶지 않다. 작가도 운동선수나 연주자처럼 일정하게 연습을 하지 않으면 글을 쓰는 감각이 굳는 것 같다(최소한 나는 그렇다). 한두 달을 정해두고 작업을 몰아서 하는 작가도 있고, 매일 꾸준히 작업하는 작가도 있는데 나는 후자다. 요행 따윈 바라지도 않고, 남들보다 곱절로 노력하지 않으면 만족스러운 결과물이 나오지 않는 걸 알기에 글쓰는 일을 대하는 자세는 더욱더 조심스럽고 정성스럽다.

생각을 다잡고 글을 써보려다가 막막해진다. 14인치 노트북 빈 화면이 망망대해 같다. 다 때려치우고 근처 펍으로 가 맥주 한 잔을 시켜 왈칵왈칵 마시고 싶다. 순간 침이 고인다. 이럴 때 맥주 마시자고 불러주는 이가 있다면 한달음에 달려갈 텐데. 연락할 사람이 누구 없나 휴대폰을 만지작거리다 맥주 생각을 접고, 다시 한 가닥의 생각을 유영한다. 맥주를 소재로 글이나 써야 하나? 그러다가 진짜 맥주에 대한 글을 적는다.

좋아하는 일을 하며 산다는 것은 무엇일까. 좋아하는 글쓰기를 밥벌이로 삼아 사는 삶이 형벌인지 축복인지 번뇌하며 굴레에 갇혀 있던 시절도 지나, 이제는 글쓰기를 생각하는 것이 일상이 되었다. 글이 풀리지 않는 날엔 꿈에서라도 글쓰기를 하고 싶다고 생각했다. 운 좋게 그날 풀리지 않던 글이 술술 풀려 받아 적었는데, 눈떠 보니 꿈이라 허망해한 적도 있다.

좋아하는 일을 업으로 하며 살아가는 무게는, 좋아하지 않는 일을 좋아하려 애쓰는 것보다 무겁다. 다만 좋아하는 일을 하며 살 수 있다는 행복감으로 그 무게를 기꺼이 견디는 것일 뿐. 견디다 보면 어느 순간 짊어진 무게도 느껴지지 않아 퇴근

이 따로 없는 쓰는 삶을 기꺼이 살아내고 있음을 축복이라 말할 수 있다.

하지만 나는 안다. 어느 날 이 축복이 버거워 벗어나려 몸부림치며 원망할지도 모른다는 것을. 그렇지만 역시 안다. 벗어나려 몸부림쳐도 결국 돌아와 쓰며 살 수밖에 없다는 것을. 쓰는 삶이 나를 숨 쉬게 한다는 것을.

권태와 고단함과 괴로움을 견디면서 좋아하는 것을 미워하지 않으려고 노력하는 것. 이미 수차례 이 과정을 겪어왔고, 다시 돌아올 수밖에 없음을 잘 알고 있다. 그저 오늘 하루도 최선을 다하는 것이 좋아하는 일을 대하는 예의가 아닐까.

어른에게도
위로는
필요하다

어른들은 다 거짓말쟁이다. 어른이 되면 하고 싶은 거 마음껏 할 수 있다고 했으면서. 아이스크림도 마음껏 먹고, 늦잠도 마음껏 자고, 초콜릿과 떡볶이도 마음껏 먹을 수 있다고 했는데……, 모두 거짓말이다.

막상 어른이 된 것 같은데, 하고 싶은 일을 마음껏 다 하려니 책임감과 현실이 발목을 잡고, 아이스크림과 초콜릿과 떡볶이를 마음껏 먹으려니 건강이 허락해주지 않아 되레 건강한 자연식을 찾아 먹는다. 마음껏 늦잠을 자고 싶은데 잘 수 있는 여유가 별로 없다.

어른이 되면 늘어지게 게으름을 피우며 엉망으로 살고 싶었는데 막상 그렇게 살면 어찌 되는지 뻔히 보이니 더욱더 열심히 살게 된다. 생각해보면 어린 시절 어른들의 어깨는 늘 축쳐져 있었다. 뱅뱅 도는 쳇바퀴 같은 일상 속에서 잿빛을 견디며 실낱같은 희망을 붙잡고 살아가고 있다는 걸 그 누구도 이야기해주지 않았다.

아무에게도 듣지 못한 어른의 삶을 살고 있다. 어린 시절 상상했던 근사한 나는 아닐지라도, 소소하지만 확실한 행복을 좇으며 일상을 영위하는 어른이 되었다. 먹고 싶은 걸 사 먹을 수 있는 돈을 벌고, 스트레스를 잔뜩 받은 어떤 날에 떡볶이를 사 먹으며 나를 위로하는 방법을 안다. 마음껏 늦잠은 못 자도 쪽잠이나 달콤한 휴식이 찾아오면 감사하는 마음이 스친다.

정호승 시인의 시처럼, '외로우니까 사람이다'라는 말에 공감하는 어른이 되었다. 하나님도 외로워 눈물을 흘린다는 걸 알아챌 만큼 어른이란 마냥 강한 존재가 아니라 누구보다 위로가 필요하다는 걸 알게 되었다. 서로가 서로에게 건네는 다정한 눈빛 한 번에 마음이 녹고, 안부를 묻는 문자 메시지 하나에 그렇게 고마울 수가 없다. 고된 삶을 버거워만 하고 주저앉아 있기보다 삶의 일부로 받아들이고 동행하는 어른이 되어간다.

조금, 쓸쓸하지만 괜찮다. 이것이 삶 그 자체니까. 오늘이 지나면 내일은 어김없이 내일의 해가 새로이 뜬다는 것을 알고 있으니까. 이미 커버린 우리는, 어른이 지닌 무게를 견디는 동지애로 무언의 위로를 건네며 살아가고 있으니까. 어른에게도 위로가 필요할 때 찾는 '취향' 같은 것들이 있으니까. 다행이다.

슬플 때
나를
위로하는 방법

　천계영 작가의 만화 〈언플러그드 보이〉에서 현겸이는 "나는 슬플 땐 힙합을 춰"라고 말한다. 기특하게도 십 대 소년은 슬플 때 힙합을 추면서 자신을 위로하는 방법을 안다. 나의 슬픔과 우울을 위로할 줄 아는 자기회복성은 고단한 세상살이를 견디게 하는 힘이다.

　"작가님은 우울하거나 스트레스 받을 때 어떻게 하세요?"라는 질문을 강연에서 종종 받는다.
　"저는 스트레스 자가 위로 3단계가 있어요. 첫 번째는 떡볶이 같은 매운 음식 먹기 혹은 캔맥주 따서 벌컥벌컥 마시기.

두 번째는 무작정 산책하거나 책 읽기. 세 번째는 쇼핑하기(이럴 땐 집에 택배 반품 박스가 쌓여 남편이 공포스러워해요). 이 모든 걸 해도 감정이 해소되지 않을 땐 혼자 여행을 떠나요. 바다에 가서 며칠 내내 아무도 만나지 않고 혼자 걷고 생각해요. 걷고 생각하며 바다를 보다가 커피도 한잔 마시고, 파도에 시름을 흘려보내고 오죠."

나를 위로하는 방법을 알고 있다면 사는 게 편하다. 여러 가지를 다 해보아도 풀리지 않는다면, 그때는 전문 상담가를 찾아가야 할 시기이다. 사소한 스트레스와 우울감을 해소하려고 타인에게 기대기엔 우린 이미 너무 커버렸다. 나의 시름을 상대방에게 얹어 근심거리를 늘리며 부담을 주기보다 해소하는 방법을 알고 있는 편이 건강하지 않을까. 혼밥이 더 편할 때가 있듯, 셀프 위로가 편할 때가 있다.

나를 위로하는 방법을 찾고 싶다면 면밀히 자신을 관찰해야 한다. 어떤 사소한 행위에 기쁨을 느끼는지 발견할 때마다 기록해보는 것이다. 슬플 때 나를 위로하는 방법을 알고 있다면 내 마음의 주치의로 살 수 있다. 슬픔과 우울은 오랜 시간 묵

혀두지 말고 흘려보내야 한다. 담아두면 고이고 썩어 마음의 병이 되기 때문이다. '자기 관찰 일지'를 써보자. 희로애락에 따른 행동을 기록하고 내가 어떤 부분에서 행복을 느끼고 힘들어하는지 한눈에 들어오면 스스로 치유하는 힘이 길러질 테니까.

우울하거나 슬플 때마다 쉽게 할 수 있는 사소한 행위들을 시작해보자. 물론, 때로는 깊은 슬픔이 살아갈 이유가 되기도 하지만.

신뢰를
기반으로 한

"할머니, 저는 인간관계가 가장 어려워요. 언제쯤 이게 쉬워 져요?"

"그거 평생 어려워. 나도 인간관계가 가장 어려운걸. 엊그제 도 옆집 언니랑 싸웠잖아. 에이."

시골로 떠난 여행길, 마을 정자에서 만난 할머니와 두런두 런 이야기를 주고받다 나보다 어른인 할머니께서 생각하는 '관계'란 무엇인지 궁금해져 물었다. 말을 건네곤, 할머니의 얼 굴에 새겨진 삶이 깃든 주름이 아름답다고 생각하며 대답을 기다렸다. 할머니는 쓸쓸한 표정을 지으며 평생 풀리지 않는 숙제라고 말씀하셨다.

　살아갈수록 어려운 일은 인간관계다. 이십 년 가까이 해온 일이 매번 쉬운 건 아니지만, 어느 정도 노력을 하면 성과가 따르는 건 예측할 수 있다. 하지만 관계는 시간이 지나도 어렵다.
　방정맞은 입은 하필 그 타이밍에, 왜 그 말을 해서, 상대방 마음을 상하게 만든 걸까. 집에 돌아와 이불 킥을 날리며 반성하는 날들은 언제쯤 끝이 날까. 그 사람은 왜 그랬을까? 본심이 아닐 거야, 착한 사람인데 실수한 걸 거야. 아니야. 알고 보면 나를 굉장히 싫어하는 거 아닐까? 풀리지 않는 숙제처럼 답을 찾으려니 머리가 아파왔다. 머리도 식힐 겸 하릴없이 인터넷 서핑을 하다 임경선 작가와 요조 씨의 인터뷰를 읽게 됐다. 두 사람은 수다 떠는 게 너무 재미있어 이를 콘텐츠로 만들어보자고 의기투합하여, 오디오클립에 〈요조와 임경선의 교환일기〉 채널을 오픈하게 되었다고 한다. 인터뷰 내용을 읽어 내려가다, 아래 글귀가 마음에 닿는다.

　(임경선) 에세이 《자유로울 것》에 이런 구절을 쓴 적이 있어요. "어른이 되면 '신뢰'를 기반으로 한 인간관계를 가질 수

있어서 좋다. 단순히 친하거나 자주 시간을 같이 보내거나 재미있게 어울리는 관계와는 다르다. (중략) 자주 만나거나 연락하지 못해도 숨김없이 믿고 이야기할 수 있는 사람이 있다. 신의를 바탕으로 맺어진 관계이다 보니 애초에 편안하고 무리가 없다. 왜 신뢰감을 느끼는 것일까? 그것은 아마도 상대가 본질적으로 '괜찮은' 사람이기 때문일 것이다. 이해심이 깊고, 포용력이 있고, 입이 무겁고, 편견에서 자유로우며, 인생 경험이 많다. 나이와 상관없이 정신적으로 어른인 사람들이다." 이 구절은 다름 아닌 요조를 염두에 두고 쓴 거랍니다.

_〈오, 크리에이터뷰〉 인터뷰 중

맞아, 그런 사람이 있다. 일 년에 한 번을 만나도 어제 만난 것처럼 편안하고, 오늘 내가 한 말이 누군가에게 전달되지 않으리라는 절대적 '신뢰'를 주는 사람 말이다. 그와 함께 하는 시간은 가식도 숨김도 없으므로 고작 몇 시간을 함께 하더라도 편안하다. 견해가 다를 수는 있지만 비난하지 않으리라는 것을 알기 때문에 단어 한마디 내뱉을 때마다 조심스레 신경 쓰지 않아도 된다. 이 얼마나 편안한가. 한번은 모임에서 체하고도 내색을 하지 못해 돌아오는 차 안에서 배를 부여잡고 운전하며 '왜 이렇게 사니, 윤정은⋯⋯' 하고 스스로에게 혀를 끌끌 찬 적도 있다. 불편한 사람들과 식사하면 매번 체하고 마는 예민함에 신경 쓰이는 자리에선 밥도 제대로 못 먹는 내가, 절대적 신뢰가 있는 지인을 만나면 과식을 하고도 체하지 않고 즐기기까지 한다.

주변에 저 사람은 진짜 '어른' 같다고 떠오르는 이가 있다면 대부분 입이 무겁고, 편견에서 자유롭고, 정신적으로 성숙한 사람일 거다. 나이가 든다고 모두 어른은 아니다. 졸렬한 위안을 찾자면, 진짜 어른들도 입을 모아 인간관계가 어렵다고 말한다는 사실이다.

행복이란
이상

강연이 끝난 후 질문을 주고받는 시간을 좋아한다. 이야기를 전달하는 것도 좋지만, 나를 만나려고 이 자리에 온 사람들과 깊은 대화를 나누는 시간이 참 좋다. 작년 늦가을에 연 강연회에 신혼부부가 찾아왔다. 나의 글을 좋아해주는 아내와 함께 온 남편이 내게 물었다.

"사람이 꼭 행복하지 않을 수 있잖아요. 저는 꼭 행복해야만 한다고 생각하지 않아요. 하지만 행복하지 않다고 해서 꼭 불행한 건 아니거든요."

그의 말을 들으며 연신 고개를 끄덕였다.

인생은 20퍼센트 행복과 80퍼센트 비행복의 시간이 지배한다고 생각한다. 보통 내 또래는 아침에 일어나 출근하고, 일을 하고, 퇴근하고, 다음 날 다시 출근하는 비슷한 일상을 보낸다. 일상에서 정말 행복해서 웃는 시간이 얼마나 될까? 자본주의 미소를 지으며 필요에 의한 웃음을 짓는 시간을 제외하고 말이다. 20퍼센트의 행복으로 남은 80퍼센트의 시간을 충족시킬 수 있다고 생각한다. 아무리 사소할지라도 마음먹기에 따라 행복을 자주 꺼내어보고 산다면 굳이 행복과 비행복을 따지지 않아도 충분히 '만족스러운' 혹은 '괜찮은' 삶을 보낼 수 있지 않을까.

행복이란 손에 잡히지 않는 거창한 것, 혹은 대단한 성취가 아니라 일상을 이어가는 과정 가운데 느끼는 소소한 기쁨이라고 생각하면 어떨까. 조금 더 가볍고, 조금 더 가깝게 느껴지지 않을까.

꼭 환하게 볕이 드는 쪽으로 가야 할까? 과정을 향해 가며 생각지도 못한 것을 발견하는 기쁨, 앉아 쉴 수 있는 그늘이 주는 감사함, 함께 먹고 마시며 이야기 나눌 수 있는 시간 그리고 온갖 어려움에도 불구하고 오늘 하루를 충실히 살아낸 기특한 나…… 이런 것들이 행복이 아닐까 생각한다. 그러니 행복을 그저 '오늘' 혹은 '순간'이라 여기면 어떨까.

어쩌면 내 인생은 20퍼센트의 행복이 아니라 100퍼센트의 행복으로 가득 차 있을지도 모른다. 슬픔과 아픔, 기쁨 모두 흘러가는 과정일 뿐 어떤 것에도 일희일비하지 않고 지금 이 순간을 살아도 좋다. 행복은 갈망할수록 손에 잡히지 않는 이상이 될 뿐이다. 그리고 행복하지 않아도 괜찮다. 그러면 또 어떠한가. 행복하지 않다고 해서 불행한 건 아니니까. 모든 일에 정답이 없듯 행복도 늘 정답이 없다.

상상 일탈로
숨 쉬기

스페인에 가서 차 마시고 오고 싶다.

이태리에서 파스타 먹고 싶다.

그다음엔 홍콩에서 딤섬 콜?

스페인으로 가 빠에야 좀 먹고,

쿠바에서 올드 카 사진 좀 찍고,

그리스로 가서 지중해 태양 한 번 쬐고,

오후엔 파리 오르세 미술관을 감상하고 오자.

짧은 시간 행복하게 세계여행을 다녀와 카톡을 닫고 다시
일을 시작한다. 언젠가 이루어질지도 모르는(?) 달콤한 상상

이 잠시 머물면 스트레스로 폭발할 것 같던 답답한 마음이 조금은 진정된다. 다행이다. 이렇게라도 잠시 쉬어갈 수 있어서.

몸에게
정성스러운 음식을
대접하기 시작했다

　(앞서도 떡볶이와 커피를 언급했지만) 인생의 소울푸드를 꼽으라면 주저 없이 떡볶이와 커피를 선택하겠다. 야들야들하고 쫄깃한 밀가루 떡에 밴 맵고 달고 짠 양념 맛이 온몸에 퍼지는 순간이 행복하다. 신당동 즉석 떡볶이도 좋고, 피자 치즈를 얹어 죽- 늘어지게 먹어도 좋고, 엽기 떡볶이처럼 소시지를 잔뜩 넣고 후추를 넣은 매운 떡볶이도 좋다. 홍대입구역 1번 출구 앞에서 파는 깻잎 떡볶이는 또 얼마나 맛있는지. 안암동에서 파는 무 떡볶이도 맛있고, 핫도그와 함께 먹는 아차산 신토불이 매운 떡볶이는 또 어떻고! 양념 맛이 강한 애플하우스의 비빔만두와 떡볶이도 맛있다. 합정에 있는 또보겠지 떡볶이는

왜 그렇게 자꾸 생각나는지. 경리단길 초입에서 먹었던 가늘고 긴 밀떡과 튀김에 맥주 한 잔을 들이키는 행복이란…… 생각만 해도 캬-.

한때 '서울 떡볶이 맛집 지도'를 그릴 수 있을 만큼 투어를 하며 떡볶이를 주식으로 먹고 살았다. 그때는 왜 상체에 비해 하체가 이리도 뚱뚱한지, 몸이 무겁고 자주 붓는 느낌인지, 활동량에 비해 기초 대사량이 왜 이렇게 낮은지 몰랐다. 세치 혀의 욕망에 빠져 음식을 먹었고, 맛의 쾌락을 느끼며 기뻤다.

돌아보면 이십 대의 많은 날 동안 몸을 돌보지 않고 일에 매진했다. 생명수인지 혈액인지 습관인지 분간 안 될 만큼 커피를 마셔댔고, 인스턴트와 튀긴 음식을 입에 달고 살았다. 염증을 달고 사는 이유도 모른 채 젊은 호기로 몸을 혹사시킨 결과 삼십 대 초반엔 많이 아팠다. 정신력으로 버틴 체력은 금세 바닥이 났다.

맵고 짜고 단 음식을 조금씩 멀리하기 시작한 건 그때부터다. TV를 보면 몸이 안 좋은 사람들이 산에 들어가 자연에서 재료를 얻고, 그 재료로 음식을 만들어 먹으며 치료한다던데. 서서히 몸에 건강한 음식들로 균형 있는 영양소를 섭취하기 시작했다. 휘발유를 넣어야 하는 차에 경유를 넣으면 고장 난다는 건 잘 알면서, 몸에게 배려는 왜 하지 못했을까.

늘 몸 관리가 뒷전이던 날들을 지나 떡볶이는 주 1~2회로, 커피는 하루 한두 잔으로 제한했다. 가급적 인스턴트와 자극적인 음식을 멀리하고 직접 요리를 해 먹었다. 가끔 한 끼를 먹으려고 수고스러운 시간과 비용과 노동을 감수해야 하나 억울한 생각도 들었다. 요리하는 시간에 비해 먹는 시간은 너무도 짧은 것을.

그러던 어느 날, 아이를 등원시키고 나를 위해 양배추를 찌고 정성스레 된장국을 끓이며 생각했다. 인생에서 가장 중요한 사람은 나라고. 가족이나 타인을 위해 정성스러운 음식을 준비하면서 왜 나에게는 인색한 걸까. 대충 후다닥 먹고 나갈 수 있는 음식 위주로 끼니를 때우다가 몸에 병이 쌓이면 독한 약으로 누른다고 치료가 되는 것도 아닌데.

한 끼, 두 끼, 세 끼…… 나에게 정성을 들여 대접하는 끼니가 늘어날수록 얼굴빛도 맑아졌다. 내가 나를 귀하게 대해야 남들도 나를 귀하게 대할 테니 몸에 정성을 기울이는 일을 귀찮게 생각하지 않아야겠다. 이 몸을 데리고 앞으로 살날을 생

각하면서. 건강해야 좋아하는 글쓰기도 오래 할 수 있고, 사랑
하는 이들 곁에 오래 머물 수 있을 테니.

언니에
대하여

"언니 뭐해?"

"언니 밥 먹었어?"

"언니, 언니 있잖아!!!(몹쓸 말 삐리리-)"

"언니~ 쇼핑 갈래?"

살면서 가장 많이 입 밖으로 내보낸 단어가 무엇일까 손꼽아보니 '언니'였다. 딸 셋의 막내로 태어난 덕분에 원 없이 '언니'를 불러댔고, 무려 여대를 졸업한 데다 대학원은 공학으로 진학했지만 남자가 딱 세 명 있는 과를 나왔다. 일을 해도 여자가 많은 그룹에 있었다. 남자가 득실거리는 공대에 다니거나 남성 비율이 높은 직장에 다니는 친구들이 부러웠지만, 대신 막내 본능으로 언니들의 귀여움(?)을 독차지하는 기쁨을 누렸다. 꿈을 향해 달려가는 나를 기꺼이 배불리 먹여주고, 고민도 들어주고, 응원해주는 언니들 덕분에 배곯지 않고 작가 생활도 했다. 출장 가면 막내 선물부터 사오던 큰언니도 있었고, 배고프면 밥 사 먹으라고 일명 '언카'를 주던 둘째언니도 있었다.

내게 '언니'는 다른 이들의 '엄마'와 다를 게 없었다. 이십 대에는 동갑 친구들이 하는 대화가 종종 지루하게 느껴져 대부분 언니들을 만났다. 성격이 예민하고 까탈스러워 친구들과 못 어울리기도 했지만, 당시 나의 주된 관심사는 '꿈과 일'이었고, 이미 사회생활을 하고 있는 언니들과 공감대를 형성하며 이야기하는 게 좋았다(지금 생각하면 언니들이 들어준 건가 싶기도 하지만). 아직 내가 가보지 못한 세계를 전해 들으며 미리 알아가는 게 그리도 재미있었다.

"언니, 언니" 하고 궁둥이를 흔들며 쫓아다니던 꼬맹이가 이제 "언니" 소리를 더 많이 듣는 나이가 되었다. 아직도 "누나" 혹은 "언니"라 불릴 때면 어색하다. 동생을 많이 대해본

적이 없어서, 나처럼 애늙은이 동생이 아닌 예쁘고 귀여운 동생을 만나면 어찌 대해야 할지 낯설다. 일단 밥부터 사주고 천천히 동생들과 이야기를 나누면, 무엇이든 빨아들일 것 같은 순수함으로 반짝이는 그들이 너무 예뻐 절로 미소가 번진다. 꼰대스럽지 않게 도움이 되는 말을 해주고 싶어 입이 근질거리다가도 안 놀아줄까 봐 입술을 깨물어본다. 동생들이 조잘거리는 이야기를 들으면, 그 시절의 나로 돌아간 기분이 든다.

아, 언니들이 내게 이래서 미소 지었구나.
아, 언니들이 내게 이래서 맛있는 걸 자주 사주었구나.

언니가 돼보니, 그때 언니들의 감정을 느낀다. 살아갈수록 과거와 현재를 이어 오늘이라는 퍼즐을 완성하는 경험을 한다. 이제는 언니들이 나이 들어가며 하나둘 아파하는 모습을 지켜보는 게 속상하다. 마흔이 되면 슬슬 아프기 시작하니 몸 관리 잘하라며, 마흔에 근접한 내게 달콤한 잔소리를 해주는 언니들이 있어 참 좋다. 나도 누군가에게 그저 존재만으로도 좋은 언니가 되고 싶기도 하고.

우리는 저마다의 모습으로 누군가에게 좋은 사람일 테니, 나 역시 어른으로 향해 갈수록 근사해지는 느낌이다. 무엇을 하지 않아도 그저 내가 누군가의 언니이고, 언니들이 나의 언니라는 사실만으로 말이다.

당신은
내게 무해한
사람인가요

그리고
나는 당신에게 무해한 사람인가요?

우리는 서로에게 상처주지 않는 사람인가요.
다가와 서로에게 유해한 관계로 남을 거라면
그냥 스쳐 지나가주어요.
그동안 마음에 쌓인 상처는
나를 의심 가득한 겁쟁이로 만들어버렸어요.
비겁해 보여도 어쩔 수 없어요.

당신은 내게, 무해한 사람인가요?

* 이 글은 최은영 작가의 소설《내게 무해한 사람》(문학동네, 2018) 을 읽으며 쓴 글입니다.

어른의 맛

"너 오늘 우울할 것 같아서 내가 깜짝 선물로 커피 드립백 선물해주려고 했는데, 방금 네가 사서 없단다. 이거 원, 이벤트도 손발이 맞아야 하지!"

친구네 회사 앞 카페에서 작업하는데, 어떤 여자가 계단을 두 개씩 건너뛰며 씩씩하게 올라오더니 원망의 눈빛으로 말을 뱉는다. 좀처럼 여시 같은 짓을 할 줄 모르는 곰 같은 친구가 깜짝 이벤트를 생각해내다니. 그녀를 만난 칠 년간 처음 보는 모습이다. 아, 방금 산 드립백 환불해야 하나 고민하다 친구에게 말했다.

"어…… 그럼, 마들렌 사줘."

바람이 찬데 외투도 없이(아마 화장실 가는 척하고 나온 것 같다) 나온 마음이 고마워서 배는 부르지만 마들렌을 사달라고 한다. 무언가를 받을 때도 행복하지만, 줄 때 더 행복한 마음을 안다. 마음 상하는 일이 있는 오늘의 나를 위로해주려는 친구의 마음을 받아 들고 이미 백반 한 상을 해치워 부른 배를 부여잡으며 달달한 마들렌을 음미한다.

사람에게 받은 상처는 또 사람으로 치유받는구나. 가슴속에서 뜨거운 것이 울컥, 올라온다. 어른의 맛. 달콤쌉싸름한 오늘의 맛이다.

비로소
나를
칭찬하게 되었다

이번 주 내내 정신없이 달리다 딱 하루 정도 여유가 생겼다. 할 일은 많은데 몸은 하나라 모든 일을 다 할 수 없는 걸 알면서도 양손에 과자 여러 개를 부여잡고 놓지 않는 아이처럼 욕심을 놓지 못한 결과다. 조금만 더 하면, 이것만 더 하면, 이 일을 이런 쪽으로 진행시키면 생각하는 그림이 나올 것 같은데…….

번아웃이 올 걸 알면서도 계속 이렇게 무리하면 크게 아플 것 같은 예감을 느낀 오늘, 급하게 나아가던 삶에 여유를 선물해주기로 했다.

스니커즈를 신고 좋아하는 동네를 산책한다. 합정을 거닐다

'은하수 다방'을 지난다. 가수 10cm의 음악을 듣던 중이었는데 타이밍이 기가 막히다.

"사랑은~ 은하수 다방 문 앞에서 만나~ 홍차와 냉커피를 마시며~ 매일 똑같은 노래를 듣다가 온다네."

노래를 흥얼거리며 카페 안으로 들어선다.

"캐러멜 마키아토 아이스 한 잔 주세요. 캐러멜 시럽 듬-뿍 주세요. 아주 많이."

달달한 커피를 받아들고 빈자리로 가 가만히 앉아 있노라면 아무것도 하지 않아도 웃음이 번진다. 수고한 나에게, 달콤쌉싸름한 커피를 건네며 사랑을 고백한다.

너무 바쁘게 달려갈 필요 없어.

때론 쉬어가도 돼.

그 일들을 다 해내지 않아도 괜찮아.

숨어 있는
마음의
키 찾기

　몇 년 전 삼 주 정도를 대학병원에서 누워 지낸 적이 있었
다. 밥 먹을 때와 화장실에 가는 시간을 제외하고는 누워 있기
만 했는데, 그때 가장 많이 한 생각이 병원 침대 매트리스가
조금만 더 폭신하다면 얼마나 좋을까였다.

　중력의 법칙으로 지방질이 하체로 끌려 내려간 것인지 의심
될 만큼 상체와 하체의 비율이 다른 나의 몸 때문인지 침대에
닿는 상체 뼈마디가 쑤셔 눈물이 났다. 아니, 사실 침대 문제
가 아니었다. 잠시도 가만있지 못하는 성미인데, 외출도 하지
못하니 온몸이 쑤신 탓을 매트리스에 돌렸는지도 모른다. 마
음이 괴로울 때마다 원인을 내 안에서 찾기보다 대신 원망할

대상을 찾는 못된 버릇을 가지고 있다. 사람에게 원망을 돌리면 미안해지니 괜스레 사물을 탓한 것이다.

이 주를 꼬박 누워 지낸 후 키와 몸무게를 재보고 깜짝 놀랐다. 당연히 몸무게는 상상 이상으로 불어 있었고, 키도 2센티미터쯤 자라서 162.5에서 164.7이 되어 있었다. 딱 3센티만 더 컸으면 좋겠다고 종종 말했는데, 순간적이지만 소원이 이루어진 셈이다. 생사를 다투는 순간에도 삶은 부지런히 작은 선물을 준다. 그간 몸을 얼마나 구부리며 살아왔기에 가만히 선처럼 일자로 누워 있었더니 숨어 있는 키가 나온 것인가. 이제 병원을 나가서도 똑바른 자세로 살아가리라 결심하며 피식거렸다.

한 주가 지난 후 무사히 퇴원을 했다. 자세를 바르게 하고 잃어버렸던 키를 찾아낸 기쁨은 이 년 뒤 건강검진에서 다시 162.5로 돌아옴을 목격하며 사라졌다. 실은 긴 허리 콤플렉스 때문에 상체가 짧아 보이려고 학창시절부터 허리를 구부정하게 숙이고 다녔다. 허리는 짧은 게 좋다고 착각하며 건강을 생각하지 않았고, 결국 무리가 와 디스크 일보 직전까지 갔다.

이제는 의식이 존재하는 한 허리를 꼿꼿이 세우려 한다. 생각보다 큰 키에 일행이 놀라더라도 "제가 허리가 길어서 앉은키가 좀 커요"라고 웃으며 이야기할 수 있다. 허리가 긴 건 그냥 길다는 것일 뿐이니까. 허리가 짧고, 다리가 길다면 좋겠지만 이미 만들어진 몸을 바꿀 수 없으니 있는 내 몸을 인정한 것이다. 인정하면 편안해진다. 허리를 숙이던 습관을 고치니 디스크 일보 직전이었던 허리도 구제되었다.

숨어 있던 키를 생각하다, 문득 마음의 키도 숨어 있지 않을지 궁금해졌다. "허리가 길어서 창피해"라는 자격지심에 구부린 마음의 키도 허리와 함께 수그러들어 있던 것 아닌가. 자존감이 꼭 높을 필요는 없지만, 자존감을 높이는 소소한 순간을 일부러라도 종종 만들면 나를 조금 더 사랑하고 존중할 수 있다. 오늘은 우리 마음에 숨어 있는 키를 1센티미터 키워주자. 움츠러들거나 눈치 보지 말고, 부족하다 생각했던 내 모습을 칭찬해주는 것이다. 마음의 키가 자라고, 마음의 주름이 펴지면 반질반질 예쁘고도 평온한 마음 상태가 이어지지 않을까?

3장

지금 있는 그대로의 내가 좋아

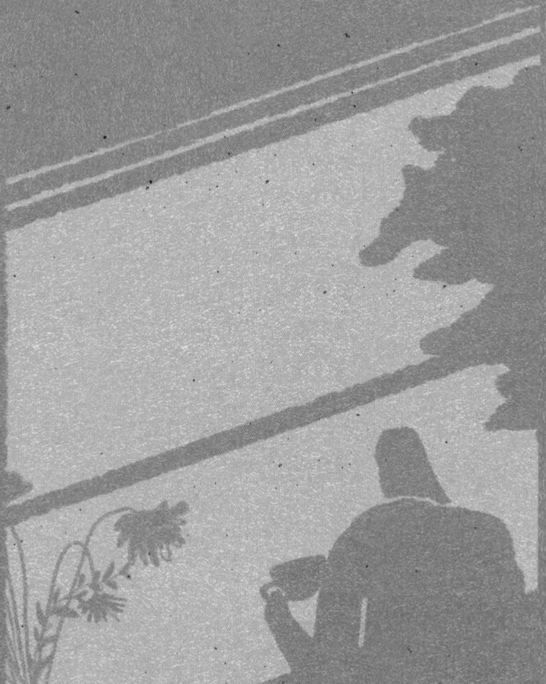

너는 자라 내가 되겠지.

_김애란, 〈서른〉, 《비행운》, 문학과지성사, 2012

　김애란 작가의 단편소설 〈서른〉 속 문장을 읽고 '너'와 '내'를 생각한다. 뒤이은 문장은 "겨우 내가 되겠지"인데, 과연 '내'가 '겨우'일까…… 어릴 때의 '너'는 오늘을 상상할 수도 없을 만큼 어두운 아이였는데. 슬픔을 가득 품고, 입을 꼭 다문 생각이 많고 외로운 아이였는데. 그런 '너'가 슬픔과 외로움을 그득 안고도 웃으며 살아갈 수 있는 '내'가 되어 있는 줄 그때의 '너'는 알기나 할까. 알 수 있다면 '너'의 슬픔이 옅어질 수 있을까.

　외로움과 슬픔이란 감정부터 배워버린 아이는 자라서 기쁨과 웃음이라는 감정을 관망한다. 저이는 왜 웃는 걸까. 어떻게 하면 저렇게 티 없이 웃을 수 있지? 기쁨이라는 감정은 대체 무엇일까. 존재를 부정당하지 않는 기분은 무엇일까. '너'의 생각 많은 눈에 드리운 감정은 관찰로 이어져 웃음을 짓는 표정을 따라 해본다. 이런 것이 기쁨이고, 웃음인가. 너는 점점 기뻐할 줄 알고 웃을 줄 아는 '내'가 된다.

"엄마 눈동자에 치호가 보여, 봐봐."
　빤-히 나를 바라보던 치호가 나의 눈에 비친 자신을 보고 깔깔 웃는다. 웃는 치호의 모습이 좋아, 그 웃음을 조금 더 보고 싶어 같이 웃는다. 이때만큼은 억지웃음이 아닌 진짜 웃음을 짓는 어른의 모습으로.
"엄마 좋아요."
"고마워, 엄마도 치호가 좋아."
"치호는 엄마가 정말 정말 좋아요~ 뽀뽀~."
　나는 졸립고, 녀석은 더 놀고 싶다. 침대와 내 온몸을 타넘는 녀석은 연신 종알종알 "좋아요"를 말한다. 졸음이 가득 담긴 목소리로 오른팔에 안긴 녀석이 마냥 사랑스럽다.

녀석은 입술을 내밀고 시무룩하게 묻는다.

"치호 좋은데 왜 자~?"

잠이 가득 고여 있던 눈은 다시 반달이 되어 녀석과 함께 웃는다. 웃다가 이내 조금 슬퍼진다. 녀석이 자라면 오늘이 꽤 그리워질 것 같아서.

나를 똑 닮은 네가 자라면 내가 되겠지. 너를 위해 그리고 나를 위해 있는 그대로의 나를 좋아해본다. 슬픔을 먼저 배웠던 어제의 나는 이제 기쁨을 느낄 줄 아는 오늘의 내가 되었다. 김애란의 소설 문장에 단어 하나를 바꾸어 천천히 종이에 적어본다.

너는 자라 내가 되겠지…… 아름다운 내가 되겠지.

당신의
마음은
안녕하신가요

깊은 감정의 굴에 숨고 싶다. 사람들 틈에서 웃고 있는 내가, 어느 순간 진짜 모습이 아니라고 느껴졌다. 이유 모를 우울감으로 마음이 괴롭다. 글쓰는 일을 직업으로 삼고 살아가며 감정은 더 예민해졌고 우울증은 감기처럼 찾아온다. 우울이나 무력이 찾아올 때면 나의 마음을 살뜰하게 보살펴주어야 할 때임을 인지하고, 의식적으로 나를 기쁘게 하는 행동을 하면서 마음을 살핀다. 바쁜 일상에 치여 보살필 시기를 놓치면 더 큰 마음의 병이 기다리고 있다는 걸 알기 때문이다.

유달리 날이 좋아 눈물 날 때가 있다. 유달리 볕이 좋아 눈물 날 때가 있다. 나의 마음은 차디찬 겨울인데, 마음이 계절을 따라가지 못하는 것까지 자책하는 날이 있다. 운전을 하다 눈을 돌리니 지난달 〈밀리의 서재〉 리딩북 녹음 날에 만난 싱어송라이터 시와 언니에게 선물 받은 책 제목이 시야에 박힌다.

'당신이 옳다.'

정신과 전문의 정혜신 박사가 쓴 책이다. 당장이라도 읽고 싶었지만 해야만 하는 일정이 두 개나 잡혀 있었다. 우울한 상태에서 우울하지 않은 척 밝은 웃음을 짓고 애써 일을 마무리했다. 딤섬에 맥주를 한잔하자는 일행의 권유를 거절하고 혼자 조용한 카페로 향했다. 이런 날은 혼자여야 한다. 더 이상 마음 들여다보기를 미룬다면, 안아주기를 기다리고 있는 '우울'이란 감정이 소외를 견디지 못하고 폭주할 것이다.

차를 마시며 천천히 책을 읽었다. 전에는 좋아서 책을 읽었는데, 책을 읽는 것이 일이 되고 보니 한동안은 의무적으로 텍스트 섭취에 급급해 체할 뻔도 했다. 하지만 오늘만큼은 일하듯 어느 매체에 소개하려고 읽는 독서가 아니라 진정 나를 위한 독서이다.

천천히 한 글자씩 음미해 읽는다. 예전에 읽었던 정혜신 박사님 글과는 다른 느낌이다. 그녀는 공감이 필요한 감정적 심폐 소생술을 '적정 심리학'이라 표현했다. 그녀의 책을 읽으면 아픈 마음에 연고를 발라 천천히 스며들어 치유받는 기분이 든다. 알싸하게 아린데, 기분은 괜찮다. 찬찬히 글을 읽어 내려가다 이 구절에서 마음이 툭, 하고 풀어진다.

> 감정도 그렇다. 슬픔이나 무기력, 외로움 같은 감정도 날씨와 비슷하다. 감정은 병의 증상이 아니라 내 삶이나 존재의 내면을 알려주는 자연스러운 반응이다. (……) 그러므로 우울은 질병이 아닌 삶의 보편적 바탕색이다. 병이 아니라 삶 그 자체라는 말이다.
>
> _정혜신,《당신이 옳다》, 해냄, 2018

정신적 외상을 입거나 환경이 바뀌거나 마음 아픈 일이 생겼을 때 우울한 건 날씨가 변하는 것처럼 당연한 증상일 뿐 병이 아니라는 글귀는 마치 작가가 내 마음에 '공감'을 하고 쓴 듯했다. 소리 없이 울고 있는 마음을 활자가 안아준 것이다. 감정의 변화는 약을 먹어 눌러야 하는 게 아니라 자연스러운 것이라고 한다. 보살펴주어야 할 뿐인, 숱한 감정 중 하나인 '우울'이 병으로 치부되지 않음에 왠지 안심했다.

우리는 강도가 다를 뿐 우울과 공황장애와 불안, 불면, 분노

조절 장애와 같은 질병을 안고 살아간다. 대개 정신과 진료나 상담을 받아보라며 단순히 '치료'가 필요한 '병'으로 여기곤 한다. 하지만 현대 질병은 깊은 내면적 공감과 치유 없이 약이나 상담만으로 쉽사리 치료되지 않는다. 왜 나의 우울증은 호전되지 않는지 자책하며 병이 깊어지는 경우도 목격했다.

급속한 발전과 현대화가 심화시킨 질병들이 더 이상 질병이 아닌 그저 삶의 한 조각이라 생각하니 마음이 편안해졌다. 구태여 빨리 우울감에서 빠져나오려 하지 않아도 괜찮다. 그 자체만으로도 숨 쉬기가 수월해진다.

그녀는 일상에서 사람들을 만날 때 "요즘 마음이 어떠세요?"라는 질문을 자주 던진다고 했다. 구절을 다시금 천천히 따라 읽으며 펜을 꺼내 책 한편에 써본다.

요즘 마음이 어떠세요?
요즘 마음은 어떠세요-
요즘 당신의 마음은 안녕하신가요?

일상에서 사람들을 만날 때도, 거울 속의 나를 만날 때도 종종 물어보아야겠다.

있는 그대로 괜찮은 나, 우울이라는 감정이 내 삶에 들어와 한 조각을 이루더라도 괜찮다.

밤마다
울컥하는 순간이
많아졌다는 건

　모두가 잠들었다고 믿는 밤이다. 까-아만 밤, 까만 어둠 속에
우두커니 한참을 앉아 있다. 괜스레 이불을 뒤척이다 눕지도,
서지도 못하고 멀뚱히. 그러다 하나둘 상념에 사로잡힌다. 상념
은 꼬리에 꼬리를 물고 기나긴 생각여행으로 나를 데려간다.
　"하아……."
　무의식에 한숨이 흘러나온다. 무에 그리 답답한 걸까. 아니,
무에 그리 답답하지 않을 일이 있을 수 있을까. 나도 모르게
눈물이 쏟아지려 한다. 소리 내 꺽꺽 울고 싶지만 가족들이 깊
이 잠든 밤을 엉망으로 만들고 싶지 않아 고요히 흐르는 눈물
을 삼킨다. 작고 가벼운 눈물에 담긴 무거운 시름을 부지런히

손으로 닦아낸다.

　삶을 살아갈수록, 어른이라는 무게를 마음으로도 짊어진 후부터 자다가도 울컥해 뜬눈으로 새벽을 맞이하는 일이 많아졌다. 시린 가슴을 달래지 못해 가슴을 쾅쾅 쳐보지만, 아무리 쳐도 얹힌 감정이 내려가지 않는다.

　"하아……."

　다시 숨을 깊게 내쉰다.

　"하-아……."

　한숨에 한 숨을 쉬어본다. 두 숨을 쉬고 다시 내쉰 한숨에 시름을 담아 흘려보낸다. 세 숨을 쉬며 눈을 감는다. 다시 침대에 누워 베개에 머리를 붙이고 오지 않는 잠을 애써 청해본다. 오늘 밤도 잠들기는 어렵겠지만.

　밤마다 울컥하는 순간이 많아졌다는 건,

　검은 머리가 하나, 둘 하얗게 세어가고 있다는 것.

　소녀가 여인이 되어가고 있다는 것.

편견에
나를
가두었나

"여자 발이 뭐 그렇게 크냐?"

유난히 발이 예쁜 언니에 비해 내 발은 무식하게 크고 못생겼다. 발볼도 넓고 심지어 평발이라 맞는 신발을 찾기가 어렵다. 235사이즈 발이 딱 예뻐 보이는데 안타깝게도 내 발은 240이었다. 신발 매장에 가면 직원들은 늘 240사이즈가 맞는다며 추천해주었고, 나 역시 신발은 딱 맞게 신는 게 맞다고 생각해 발을 욱여넣었다.

신발을 살 때마다 남편은 "정말 그 신발이 맞아? 발 안 불편해? 더 큰 거 신어야 하는 거 아니야?"라고 의아해했지만, 발이 큰 사람이고 싶지 않아 "이게 나한테 편해"라며 딱 맞는 구두를 샀다. 하지만 그 구두를 신는 날이면 발이 아파 많이 걷지도 못하고 신발 안에 구겨져 있는 발이 해방되는 순간만을 기다렸다.

아이를 임신하고, 발이 붓자 자연스레 큰 신발을 사기 시작했다. 예뻐 보이고 싶은 욕망보다 아이와 나의 안녕이 더 중요한 나날이었으니까. 출산하고 부기와 살이 빠지고 나서 이전에 신던 신발들을 신어보니 왠지 모르게 고통스러웠다. 왜 이렇게 발이 아프지? 이상하다 싶어 신발들을 모조리 꺼내보았다. 맞지 않는 신발은 아니지만 한 사이즈나 두 사이즈 크게 신었으면 더 편했을 텐데. 아무도 "네 발은 커서 못생겼어"라고 말하지 않음에도 굳이 240사이즈를 유지했던 것이다.

깨끗한 신발들을 모아 사이즈가 맞는 친구에게 주었다. 구두는 245, 운동화는 250을 신어야 내 발에 편하다는 사실을 인정하고 이에 맞는 신발을 신자, 몸이 편해졌고 피로감도 덜했다.

내일은 편안한 신발을 신고 산책하며, 맞지 않는 신발처럼 스스로를 편견에 가두어 불편하게 만든 일이 또 있는지 찬찬

히 살펴보아야겠다. 이제라도 맞는 신발 사이즈를 깨달아 다행이다. 불편한 신발을 신었던 날보다 편안한 신발을 신고 걸을 날들이 많을 것이라 기대하며.

이렇게 조금씩 깨달아가고, 배워가고, 자라난다. 좀 부족해서 다행이다. 자라면서 채울 여백이 남아 있으니.

불행은 그저
감기같이 시간이 지나야
나아진다

어제는 지인들과 둘러 앉아 자신이 겪고 있는 '불행'에 대해
이야기를 나누었다. 누구 하나 불행하지 않은 이가 없었다. 다
른 점은 불행을 입 밖으로 꺼내느냐, 꺼내지 않느냐의 차이 아
닐까.

대화가 무르익자 피식, 웃으며 불행을 미화하는 분위기로
이어졌다. 그런 일이 있었기에 얻은 깨달음과 상황들을 이야
기 나누며 불행을 거꾸로 뒤집어 '행불'이라 읽어본다. 그러다
문득, 이 단어가 낯설게 느껴져 '행불'이라는 단어가 있는지
사전을 찾아보았다.

행불 : 명사 '고뿔(감기를 일상적으로 이르는 말)'의 방언(함북)

행불 : 명사 [같은 말] 행방불명(간 곳이나 방향을 모름)

_출처 : 네이버 사전

아, '불행'을 뒤집으면 방언으로 감기라는 뜻이 되는구나. 그렇다면 불행은 시간이 지나면 감기처럼 나아지는 것일지도 모른다. 감기는 나를 보살펴주라고 몸이 보내는 신호이다. 비타민을 섭취하고, 스트레스를 피하고, 충분히 잠을 자고, 몸을 쉬게 해주어야 치유된다. 불행을 행불, 마음의 감기로 여기고, 고단한 일이 생기거든 웃을 일을 찾으려 노력하고 쉬어준다면 스르르 지나가지 않을까.

시간도 흐르고 계절도 흐른다. 그리고 행불도 흐른다. 흐를 테니, 감정에 물들어 오래 머물거나 고이지 않게 해보자. 마음의 고뿔(감기)이 자연스레 치유되길 바라며.

철들지 않는
어른이로
살고 싶다

내 생일은 기억하기 쉽다. 반면 잊히기도 쉽다. 오월 오일, 어린이날이기 때문이다.

어린 시절엔 어린이날과 생일이 같다는 이유로 묻혀 지나갔다. 어른이 되니 치호에게 "오월 오일은 어린이날이 아니라, 엄마 생일이 먼저야! 알았지?"라고 주장하는 유치한 생일자가 되었다.

"마침 어린이날이 생일이라 정은이는 어른이인 건가? 생일 축하해."

어린이날이니 치호를 데리고 어디에 갈까 고민하는데 휴대폰이 울린다. 친구의 재치 있는 메시지를 받고 빙그레 웃음이

지어졌다.

어린이도 어른도 아닌 중간 지점인 어른이.

다 자란 것 같지만 마음만큼은 더 자랄 수 있는 여백을 가진 어른이.

어떤 분야에서건 '이 정도면 만족이다'라고 여기는 순간부터 퇴보하기 시작하는 것 같다. 물론 만족하며 사는 것도 좋지만, 조금 더 새로운 시도는 없는지 다르게 접목할 수 있는 방법을 고민하며 사는 편이다.

발레리나 강수진은 말했다. "여기가 끝이고 이 정도면 됐다고 생각할 때 그 사람의 예술 인생은 거기서 끝나는 것이다"라고. 이미 충분한 사람이라 여기고, 더 이상 성장을 위해 애쓰지 않는 어른이고 싶지 않다. 세상살이를 다 알아버려 감흥 하나 없이 무표정한 얼굴을 하고 어떤 일에도 심드렁한 어른이고 싶지 않다. 우아하고 유연하게 감정표현을 하는 어른이 되고 싶지만, 그렇다고 척하며 삶의 감동을 줄여야 한다면 이마저도 원치 않는다. 살아 있는 생생한 감동을 느끼고 표현할 줄 아는 태도가 우아함보다 중요하다고 생각하니까.

매일 달라지는 하늘의 색, 바람의 숨결,

나무의 말을 듣는 어른이 되고 싶다.

매일 먹는 밥맛에도 감동하는 어른이고 싶다.

감동하고 화내고 슬퍼하며

반응할 줄 아는 어른이고 싶다.

삶의 소소한 순간들을

민감하게 반응할 줄 아는 어른이고 싶다.

땅에 발이 조금 덜 닿은 것 같아 보여도 괜찮다.

타인이 정한 기준대로 길을 가는 어른이가 아니라

아무도 정하지 않은 길을

자박자박 밟으며 만들어가는 어른이고 싶다.

그저 적당히 철들지 않는 어른이로 살고 싶다.

　옛 어르신들 말에 따르면 사람이 갑자기 철들면 죽을 때가 됐다고 한다. 적당히 철들어 살면서 느끼는 감정들로 글을 쓰라고, 엄마는 나를 어린이날에 세상 빛을 보게 해주었나 보다. '죽을 때까지 재미있게 사는 어른이'가 아마도 나의 장래희망이지 싶다.

걱정을
대신
맡아줘

'걱정을 해서 걱정이 없으면 걱정이 없겠네'라는 티베트 속담이 있다고 한다. 일어나지 않을 일을 미리 걱정하느라 많은 시간을 허비하는 에너지를 제거한다면 머릿속이 맑아지지 않을까? 앉아도 걱정, 서도 걱정, 걸어도 걱정, 누워도 걱정을 하면 몸까지 병든다.

아무래도 걱정이 털어지지 않을 땐 인형에게 이름을 붙여본다. 나 대신 모든 걱정을 도맡아주는 '걱정 인형'이다. 걱정 인형에게 오늘의 걱정거리들을 아침마다 털어놓으며 한편에 미뤄두어 본다.

아름다운
나의
오늘

　월요일, 작업실로 출근하자마자 95년생 K가 상기된 표정으로 내 방에 찾아왔다. 지난주에 책을 내고 싶어 고민하는 K에게 오디오클럽을 개설해서 책을 기반으로 카테고리를 구성하고, 그걸 바탕으로 출판사에 다시 제안서를 보내보면 어떻겠냐고 이야기해주었더니 당장 실행해 옮겨 신청을 했단다. '떨어지겠지……'란 생각으로 보냈는데 승인이 되었다며, 덕분이라 말해주는 그 마음이 참 고마웠다. 내 덕분이 아니고, 권유를 듣자마자 행동한 K의 복이라고 말해주었다. 한참을 자리에서 도란도란 이야기 나누며, K의 새로운 시작에 도움을 줄 수 있어 기뻤다.

작가뿐만 아니라 예술가라면 작품을 알리기 위해 적어도 하나의 소통 채널은 열어두고, 본인이 직접 운영할 수 있어야 한다고 생각한다. 작품으로 돈을 벌어 생계를 연명하기 힘든 현실이 아닌가. 작품이 알려질 때까지 부업을 할 수도, 아르바이트를 할 수도 있다. 다만 지치지 않고 버티고, 버티면서 끝까지 창작 활동을 놓지 않는 것. 작업을 혼자 담아두지 말고 여러 채널을 열어두고 홍보하는 것. '이 정도면 됐어'라는 안주에 빠지지 않는 것. 끊임없이 연습하고, 새로움과 발전을 갈구하는 자세를 유지하면 좋겠다.

아마도 K는 십 년 후 본인이 그리던 삶을 살 수 있을지 아직 모를 것이다. 내가 그랬듯이. 그리고 K의 오늘이 눈이 부시게 아름답다는 걸 인지하지 못할 것이다. 내가 그랬듯이.

십일 년 전 첫 책을 출간했을 때, 나는 스물여섯 살이었다. 당시 베스트셀러 작가인 지인이 이렇게 말했다.

"축하한다. 그런데 왜 이 길로 들어섰어, 고생길 시작인데."

솔직히 그가 얄미웠다. 본인도 오랜 무명생활을 거쳐 이제야 베스트셀러 작가로 쭉쭉 잘 나가면서 고생길 시작이라니. 그래도 내심 대세 작가 반열에 오른 그가 대단해 보여 물었다.

"어떻게 하면 작가님처럼 책을 많이 쓸 수 있어요?"

그는 말했다.

"책을 열 권쯤 써보면 알게 돼."

더 얄미웠다. 화도 났다. 이제 겨우 한 권을 쓴 초보 작가에게 열 권이라니! 그 뒤로 묘한 오기가 생겨 꼭 그만큼은 출간하리라 마음먹었다.

시간은 흐르고 출간한 책이 열 권을 넘어갈 때 즈음, 나는 그의 말을 이해했다. 권수는 사실 중요한 게 아니라 책을 쓰는 마음 자세가 중요한 것이었다. 열 권을 출간할 동안 치열하게 고민했고, 좌절했고, 기뻤고, 아팠다. 다시는 책을 쓰지 않겠노라며 출간했던 책을 모두 모아 박박 찢어버리는 슬럼프도 겪었다. 이미 출간 작가이면서도 등단에 목말라 매해 시, 수필, 소설 분야의 신춘문예에 공모했다. 신춘문예가 시작될 때면 달뜬 열병을 앓고, 발표 시기엔 또 떨어졌단 생각에 우울했다.

스물아홉이 되던 해, 이대론 안 될 것 같아 기초 생활비만 벌 수 있는 일만 남겨두고 오로지 소설 쓰기에 집중했다. 주인공 이수는 내가 생각한 인생이 아니라 나의 손가락을 빌려 본인이 살고 싶은 삶을 살았다. 해피엔딩을 좋아하는 나였지만 소설의 결말은 원치 않은 방향이었다. 하루 만에 단편을 완성하는 황홀한 경험을 했고, 그 원고를 응모한 후에는 되도록 잊으려 했다. 이번에도 당선되지 않을 거라고 생각했다. 왜냐하면 매해 떨어졌으니까.

가을 어느 날, 낯선 번호로 전화가 왔다. 나의 소설이 당선 심사 후보작이라는 것이다. 믿기지 않은 소식에 몇 번을 재차 확인했던지……. 그해 겨울은 정말이지 따뜻했다.

그때부터였다. 글로, 책으로 돈을 벌 생각을 접고 다른 일로 돈을 벌어 내가 진짜 좋아하는 일을 먹여 살려야겠다고 생각한 시점이. 그래서 열심히 강의를 했다. 칠 년간 병무청 사회복무요원 소양교육으로 '조직 내 의사소통과 갈등관리'를 맡았고, 대학에서 교양과목을 강의했고, 분야를 막론하고 특강이 들어오면 마다하지 않고 열심히 일했다. 내가 정말 좋아하는 일을 미워하지 않기 위해 강의를 수단으로 선택했지만, 어느새 내가 좋아하는 일이 되어버렸다.

좋아하는 일을 하는 것과 하는 일을 좋아하는 두 가지 경험을 모두 해보았다. 쉬지 않고 글을 쓰고, 책을 출간하고, 강의를 하고, 대학원을 다니고, 책을 읽고, 새로운 분야에서 관계를 이어나갔다. 다시 돌아간다 해도 그리 열심히 살 수 있을까 싶을 만큼 최선을 다해 꿈을 아껴주었고, 삶을 사랑했다. 95년생 K를 보며 스물다섯의 나를 보는 것 같아 애달픈 마음이 드는 것은, 꿈에 다다르려면 지난한 과정을 거쳐야 함을 알기 때문일 것이다.

작가생활을 육 년쯤 했을 때 생각했다. 어차피 이 일을 평생 해야 하는데, 글쓰기를 미워하지 않으려면 마인드 컨트롤을 해야 한다고. 놀듯이, 흥겹게, 쉽게 글을 쓰자. 글을 쓰는 모든 과정을 즐기자고 생각했다. 그러기 위해 글을 쓰는 공간을 바꾸고, 쓰는 과정 전체를 즐겼다. 퇴고를 앞둔 시점엔 늘 섬으로 퇴고 여행을 떠났다. 초고를 출력해 두터운 용지와 빨간 펜을 끌어안고 비행기를 탔다. 바다가 보이는 카페를 돌아다니며 초고를 수정하고, 바닷가를 거닐며 원고와 이별하는 과정을 거쳤다. 그래야만 훌훌 털고 새로운 책을 쓸 수 있기 때문이다.

나는 글을 쓰기 위한 모든 감각을 열어두었다. 산책을 하고, 책을 읽고, 그림을 보고, 영화를 보고, 음악을 듣고, 공연을 보았다. 한 단어라도 영감을 얻으려고 여행을 떠났다. 여러 분야에서 친구들을 사귀며 내가 사용하지 않는 언어를 쓰는 그들의 세계에서 신선한 자극을 받았다. 때론 글쓰기보다 더 많은 돈을 벌 수 있는 기회도 마다했다. 돈맛을 만끽하고 나면 다시는 오늘의 나로 돌아올 수 없을 것 같았다.

그리고 건강을 부지런히 돌보았다. 종일 구부정한 자세로 읽고 쓰는 탓에 허리, 어깨, 목이 디스크 위기에 놓였고 늘 아팠다. 아픈 몸으로 글을 쓰니 신경질이 났고 당연히 읽기 불편한 글이 써졌다. 글쓰는 날의 감정선도 중요했다. 글을 쓰기 시작할 때 감정을 평온하게 유지하기 위한 나만의 방법을 찾았다.

부족한 글쓰기 실력을 높이고자 할 수 있는 일은 모든 삶을 글쓰기에 헌신하는 것이다. 글을 쓸 때 휴대폰을 꺼두는 습관 때문에 연인이 불만을 토로하면 그 관계는 오래가지 못했다. 글쓰기와의 연애만큼 달콤하지 않았기 때문이다. 현시대 작가가 다룰 수 있는 이슈를 나만의 방식으로 쉽게 풀자고 생각했다. 민감하게 세상을 읽으며 십 년을 넘게 버텨왔다. 십 년 후의 나는 어떨까? 십 년 전의 나는 오늘을 예상하지 못했지만, 왠지 십 년 후의 나는 예상할 수 있을 것 같다.

아마도 이런 말을 하겠지.

"어떻게 해야 글을 잘 쓸 수 있지? 미치겠다. 글 좀 잘 쓰고 싶어."

오늘도 내가 했던 말이다.

그 목마름으로 글을 쓰고, 읽고, 영감을 찾고, 부단히 노력하겠지. 괜찮은 어른으로 살아왔는지는 잘 모르겠지만, 생각보다 아니 생각만큼 괜찮게 살았다고 말할 수 있다. 인간으로서 나는 부족함투성이지만 작가로서 나는 성실히 지내왔으니.

완벽해 보일지라도 누구에게나 하나쯤 빈틈은 있다. 나는 글쓰는 재주 말고 다른 일엔 영 젬병이라 곁에서 사랑해주는 이들 덕분에 살아간다. 그들의 보살핌과 넓은 아량으로 부족하고 모난 부분이 채워진다. '근사해 보이는' 이들의 삶을 가까이에서 들여다보면 그들도 나와 비슷하다. 어느 한 부분 말고는 허점이 있고, 방황하고 고민하는 보통 사람일 뿐.

니체는 "춤추는 법을 잉태하려면 반드시 스스로 내면에 혼돈을 지녀야 한다"라고 말했다. 어른으로, 인간으로 살아가는 이상 우리 삶에서 내면의 혼돈은 계속될 것이다. 우리는 이렇게 되뇌어야 한다. 혼란스러움 자체가 인생이라고. 자연스러운 것이라고.

괜찮은 어른인지는 잘 모르겠지만, 이제 억지로 혼란을 빠져나오려 하지 않고 이 괴로운 시기가 끝나면 손가락 한 뼘쯤은 성숙해 있겠지, 기대할 줄 알게 되었다. 십 년 전의 애송이에 비하면 장족의 발전이다.

괜찮은 어른, 근사한 어른. 이것 자체가 우리의 판타지 아닐까? 이 글을 읽는 당신은 어떤 어른이라고 생각하는지 궁금하다. 어른이라는 옷을 입고 역할극을 하며 삐걱대고 있다고 생각하지 않기를. 그 옷은 다행히 당신의 옷이 맞다.

지금 내 모습이 생각보다 한심하다 생각할 수 있겠다. 그렇다면 내일은 오늘보다 조금만 덜 한심해보자고 다짐하자. 마음을 다지면 최소한 오늘보단 내일이 덜 한심하지 않을까. 그리고 한심하면 또 어떤가. 그것 역시 나의 자연스러운 모습인 것을.

오늘의
감정에게

"오늘 나의 감정, 안녕하니?"

거울을 보며 매일 나의 감정에게 안녕을 묻는 연습을 해본다. 오늘은 뾰루지가 돋았고, 피부가 좀 까칠하다. 어제의 슬픔이 번져 얼굴에 묻었나 보다. 어디 그뿐일까. 마음에 묻은 슬픔을 닦아주려 거울 속 나에게 가만히 말을 건넨다.

"괜찮아. 그럴 수도 있어. 오늘은 어제보다 조금 나아졌니?"

감정 변화를 외면해 닳거나 낡지 않길 바란다. 나의 마음을 들여다보는 일을 소홀히 하지 말자. 지금은 감정과 나를 연결함으로써 나에 대해 알아가는 연습의 시간이다.

평생 나를 데리고 살았는데, 아직도 나는 나를 잘 모른다. 익숙지 않지만 내일의 감정에게도 안녕을 물어야겠다. 거친 콘크리트 같은 마음을 매만져 예쁜 꽃과 나무를 심는다. 그래야 마음에 핀 꽃기운으로 나와 다른 이들을 사랑할 수 있으니.

나에게
보내는
편지

천천히 해.

조금 느려도 괜찮아.

아무도 속도를 재지 않으니.

곁에서 뛰어가는 이들에게

물도 한 잔 건네며

뛰지 말고 걷자고 해봐.

뛰건, 걷건 어찌 가도 가기만 하면 되지.

물 한 잔 마시고 걸으며

산도 보고 구름도 보고

바람도 느껴봐.

행여 돌부리에 걸려 넘어진다면

바로 일어나려 하지 말고

그 자리에 주저앉아 펑펑 울어도 돼.

모든 걸 잘하려고 애쓰지 마.

애쓰는 자신이 너무 애처롭잖아.

지금까지 충분히 잘해왔어.

기준은 내가 만드는 거잖아.

천천히 걸어가도 괜찮아.

어른이라고 너무 참기만 하지 말고

때론 객기를 부려도 괜찮아.

지금의 나를 조금 더 사랑해주어도 괜찮아.

잊지 마,

너는 그 무엇과도 대체할 수 없는

소중한 존재라는 걸.

혼자
보내도
좋아요

시끌벅적한 시간보다 혼자만의 시간이 좋은 날이다.

십이월 삼십일일,

연말에 울리지 않는 휴대폰이 생각보다 쓸쓸하지 않을 때

베이커리에 들러 가장 작은 케이크를 사와 촛불 하나를 밝힌다.

"해피벌스데이 투-미."

오늘이 생일은 아니지만, 한 해를 잘 살아내고 새로운 해를 맞이하니 다시 태어나는 기분이 들었다. 촛불을 보며 온 마음을 다해 정성스레 한 해의 소망을 기도한다.

건강하고, 평온하고, 아름답길.

슬픔이 오더라도 담담히 지나가기를 기다리길.

촛불을 불고, 단골 초밥집에서 포장해온 초밥을 천천히 먹
기 시작했다.
소란스럽지 않아 더 좋은 오늘이다.

수고했어,
오늘도

거울을 보며 나에게 말해주었다.
"수고했어, 오늘도."
기왕이면 빙긋 웃으며 말해준다.
지친 하루의 끝에 너무도 듣고 싶었던 말이다.
찌르르한 안도감에 눈을 감고 온기를 느낀다.
휴대폰을 열어 사랑하는 이에게 문자를 보낸다.
'수고했어, 오늘도.'

온기는 나누면 배가 된다.
매일 똑같은 하루를 한 번 더 살아낸 것,

그 자체로도 너무나 수고한 당신이다.

매일 똑같지만 조금은 다른 내일을,

앞으로도 잘 살아낼 당신이다.

아름답고도
쓸쓸한

산을 하나 넘어왔다. 길의 끝에서 감정이 일렁였다. 약간의 안도, 허무 그리고 슬픔이 느껴졌다. 훅 하고 올라오는 깊은 슬픔은 쉬이 닦이지 않는다.

한참을 마음속으로 중얼거렸다.
'이제 마음을 추스르고 다음 산을 향해 걸어가야지. 그 길이 자갈로 가득한 길인지 꽃길인지는 가보아야 알 수 있으니까.'
인생은 산을 하나 넘어왔다고 끝나는 게 아니라, 다시 힘을 내서 오르고 내리는 과정의 연속이다.
박완서 선생님의 산문집 제목처럼 '못 가본 길이 더 아름답

다'지만, 가보지 못한 길을 아름다운 이상으로 두지 않고 생생한 발자국을 남기고 싶다. 그러니 운동화 끈을 조여 매고 책 한 권 가방에 넣고 생수 한 병 들고 가자, 가자.

나뭇잎을 만지고 초록의 싱그러움도 느껴보고, 살랑이는 바람이 머릿결을 쓸어 넘기는 순간을 만끽하며 휴식도 취하고. 그렇게 넘는 산은 고행이 아닌 소풍일 테니.
소풍처럼 설레는 길을 향해 가자, 가자.

지금
있는 그대로의
내가 좋아

큰일 났다. 잠을 잘 수가 없다. 오매불망 그 생각에 온통 사로잡혀 있다. 어쩌자고 이제야 마음속에 들어온 것일까? 왜 이제야 왔니. 처음부터 몰랐다면 좋았을 것을……. 옴짝달싹할 수 없게 머릿속을 지배한다. 온통 그 생각이.

눈을 감으면 식탁과 렌지대가 보이고 눈을 뜨면 장롱과 화장대를 효율적으로 배치할 방법을 생각한다. 작은방에 몇 단 서랍장을 들여야 수납이 용이할까. 짐이 너무 많아 소굴 같은 집을 쾌적하게 바꾸려면 수납장이 많아야 한다고 인테리어 디자이너 K에게 컨설팅을 받은 이후, 이사 전까지 짐들을 버리고 가구를 바꾸는 작업을 하고 있다.

마지막으로 인테리어에 관심을 가졌던 게 사오 년 전인데, 몇 년 사이 인테리어 시장은 새롭고 예쁘면서 가격도 착한 가구들을 잔뜩 내놓았다. 카페를 다닐 때마다 어쩜 이 공간은 이렇게 탁월할까 감탄하면서도 우리 집에서 실현 가능할 거라 생각지 못했는데, 주방과 거실을 바꾸면서 마법 같은 일이 일어났다. 단지 쓰지 않는 물건들을 버리고, 부피가 큰 가구를 작은 가구로 바꾸고, 그토록 사고 싶던 화이트 원형 테이블과 화이트 의자를 배치했을 뿐인데 달라도 너무 다르다. 우리 집 식탁에서 마시는 차 한 잔으로 마치 카페에 와 있는 기분이다. 기분이 좋으니 음악 선곡에도 정성을 기울이게 된다. 살고 있는 공간이 아름다워지니 이리도 쾌적해지는구나.

집이 아름다워진 건 너무 좋은 일인데, 문제는 시작된 강박과 집착이다. 하나의 공간을 아름답게 만들자 온 집 안을 꾸미고 싶은 열정에 사로잡혔다. 이번엔 라운드 테이블과 어울리는 조명을 골라야 해. 커튼을 싹 바꾸고 싶은데…… 장롱을 구입할 땐 무슨 생각으로 이런 무늬를 고른 걸까? 그건 그렇고 서재와 아이 방과 드레스 룸을 한꺼번에 바꾸면……! 가벽을 설치해서 드레스 룸을 만들면 딱 좋은데, 문제는 내 집이 아니란 말이지. 베란다에 데크를 깔려면 저 물건들을 반으로 줄여야 하는데. 모두 버려야겠다. 그래, 좋은 생각이야 등등. 한정된 예산과 전셋집이라는 제한 안에서 최대한 멋지게 꾸미고 싶은 욕망에 사로잡혀 점점 다크 서클이 턱 끝까지 내려왔다.

"언니, 붙박이 장을 짜 넣을까? 아니야. 우리 집도 아닌데. 그럼 장롱을 바꿀까?"

K를 만나 온통 장롱 이야기만 하다 돌아오는 길, 그녀의 전화를 받았다.

"생각해보니까 지금 장롱 너무 예쁜 거 같아. 네 성격을 간과했어! 이제 그만해."

하나의 목표가 생기면 그 일을 흡족하게 마무리할 때까지 강박과 집착을 보이는 내 모습을 오랜 친구인 K가 처음 발견한 것이다. 사실 고치고 싶은 성격이지만 쉽지 않다.

이 피곤한 성격도 때로는 긍정적으로 발휘되는데, 목표를 이루지 못하면 견딜 수 없기 때문에 원고 마감을 (아직까지는) 어긴 적이 없다. 만약 마감일이 조금 지날 것 같으면 사전에 미리 연락을 하고서도 괴로워 어떻게든 마감일에 맞추어 보내곤 한다. 담당 에디터는 재촉하지 않지만 내 안의 강박이 스스로를 달달 볶는 것이다.

또 하나의 긍정적 영향은 사소한 물건이라도 마음에 드는 최적의 것을 찾아낸다는 점이다. 지난달엔 마음에 드는 노와이어 브래지어를 구매하기 위해 스무 벌 넘게 착용해보며 편안하면서도 가슴을 조이지 않고 모양도 예쁜 제품을 찾고 쾌감을 느꼈다.

물론 이 변태스러운 성격의 단점도 있다. 스스로를 매우 피곤하게 만든다는 것. 그리고 아주 가까운 지인들이 내가 크고 작은 목표를 이룰 때까지 눈을 반짝이며 재미있어 죽겠다고 말하는(심지어 여러 번 이야기한 것도 까먹어 반복 랩을 하고 있는) 이야기를 계속 들을 수밖에 없는 피곤함을 감당해야 한다는 것이다. 가끔 중간쯤 말하다 보면 싸한 느낌이 올 때가 있다. 아, 내가 이 이야기를 또 하고 있구나 자각하며 말줄임표를 하지만, 다시 그 생각이 떠올라 재미있어 못 견디겠다 싶으면 종알거리고 있다(하아…… 주변 지인들 고마워요).

집착과 강박은 인생을 매우 피곤하게 하지만 고치려고 애쓸수록 오히려 '고쳐야 한다', '자제해야 한다'라는 새로운 강박에 사로잡히게 되니 역으로 더 힘들다. 그래, 피곤한 성격 역시 있는 그대로의 내 모습이겠지. 다리가 조금 더 길었더라면, 학벌이 조금 더 좋았더라면, 머리숱이 많았더라면, 키가 3센티만 컸더라면, 책을 볼 때 자세를 올바르게 했다면, 밀가루 음식에 길들지 않았다면, 손이 예뻤더라면, 지금 이 선택을 하지 않았다면, 종아리가 날씬했더라면, 말씨가 부드러웠다면, 예민하지 않았다면, 커피를 좋아하지 않았다면…… 있는 그대로의 내 모습을 미워하려고 작정하면 끝이 없다.

반면 그대로의 나를 좋아하는 건 상대적으로 쉽다. 마음에 들지 않고 모난 모습들까지 전부 나라고 인정하면 된다. 좋아지지 않는다면, 최소한 미워하지는 말자. 어차피 그런 부분들까지 모두 나를 이루는 역사가 될 테니까.

집착과 강박 덕분에 가장 좋아하는 글쓰기를 포기하지 않고 지속할 수 있었다. 책 출간은 늘 어려워 매번 끝이 보이지 않는 마라톤을 하고 있는 아득함이 든다. 버겁고 힘겨운 여정에 포기하고 싶은 마음이 자주 찾아오지만, 이 책을 끝내야만 한다는 집착이 결국 포기하고 싶은 마음을 다잡아준다. 원고에 집착하면 할수록 무형의 생각이 유형의 책으로 만들어지는 극

강의 기쁨은 이루 말로 표현할 수 없다(표현할 문장을 찾아 한참을 서성여도 떠오르지 않는다).

그래, 버리고 싶은 성격 때문에 오늘도 그리던 삶 속에 들어와 살고 있구나. 그렇다면 버려야 할 성격이 아닌 고마운 성격이다. 성격을 바꿀 수 없다면 최대한 좋은 방향으로 활용해보아야지. 일단 오늘 할 일은 있는 그대로의 나를 인정하고 좋아해주기. 있는 그대로의 나를 좋아해야 이 숙제가 끝나니, 좋아하지 않을 수 없지 않을까.

그렇게 된다면 화양연화는 아직 오지 않은 미래가 아닌, 바로 오늘이다.

있는 그대로의 나, 오늘의 나.

더할 것도 뺄 것도 없는 그대로, 오늘의 나.

4장

두려움에게 인사하는 법

저마다 여행의 방식이 다르듯, 살아가는 방식도 다르다. 개인이 느끼는 두려움의 모양새도 다르다. 조심스레 욕심내어 모두가 같았으면 하고 바라는 것은, 두려움에게 인사를 건넬 줄 아는 용기이다. 여행지에서 길을 잃듯 살아가면서 우리는 종종 길을 잃는다. 원치 않은 상태에서 길을 잃으면 황망한 두려움에 그저 주저앉거나 숨어들고 싶지만, 그렇다고 두려움이 소멸되지는 않는다.

　많은 순간 속에서 두려움이 찾아올 때 감정을 이기거나 외면하지 말고 인정하면 어떨까? 애써 괜찮은 척하지 말고 두려우면 두렵다고 인정하고, 울고 싶다면 울고. 그런 다음에야 그 감정에 담담해질 수 있지 않을까. 어쩌면 시간이 흘러도 두려움이 잠잠해지지 않을 수도 있다. 두려움에게 인사하는 법이 있나? 글을 쓰고 아무리 생각해도 사실 그런 법 따윈 없다. 그리고 솔직히 나도 여전히 두렵다. 두려운 건 제아무리 노력해도 두려운 것이다. 다만 기쁨, 슬픔, 분노, 화, 우울, 짜증, 무덤덤함처럼 두려움도 그저 오늘을 살아가는 감정 중 하나라고 인정하면 어떨까. 인사까지는 아니더라도 '인정'한다면 조금은 편해질 테니.

눈이 부시게

눈이 부시게 아름다운 인생이란 과연 무엇일까.

눈부신 빛의 이면까지 모두 다 찬란하게 빛날 수 없음을 아는 나이가 되었다. 그럼에도 나는 빛나는 인생을 살고 싶어서 늘 불안했다. 손에 잡히지 않는 이상을 향해 달려갈 때는 더없이 초조하고 목이 말랐다. 그리고 두려웠다. 이대로, 아무것도 이루지 못하고 시시한 존재가 되면 어쩌지? 내가 그리던 높은 이상과 오늘의 현실 사이에서 외롭게 외줄타기를 하는 기분으로 늘 동동거렸다.

정말 아름다운 것들은 무너지고 실패했다 느끼는 순간부터 시작되는 것 같다. 삶이 아프게 부서졌다 생각했던 어느 날,

날것으로 펄떡거리는 삶의 민낯을 보았다. 초라할 것 같아 정면으로 마주하기 껄끄럽던 민낯은 더없이 자연스럽고, 아름다웠다. 눈이 부시게.

어쨌거나 이 고단한 생의 순간들 앞에서 나는 살아 있다. 살아내고 있으며, 앞으로도 힘차게 단단한 두 발로 내딛을 것이다. 두려움은 정면으로 마주보는 순간 서서히 옅어진다. 대단하지 않은 삶을 두려워할 게 아니라, 오늘을 사랑하지 못하는 초라한 나의 마음가짐을 두려워해야 하는 것 아닐까.

상처투성이라 생각했던 지나온 시간을 마음으로 안아본다. 두려움까지도 함께 안으며 속삭인다.

"같이 가자. 나랑 가자"라고.

타인과의
비교를
멈추기로 했다

불행해지기 가장 쉬운 방법은 내가 가지지 못한 것들에 낙심하며 타인과 끊임없이 비교하는 것이다. 숱한 자괴감, 괜한 결핍, 허튼 질투 같은 것들이 가득 차올라 빠른 시간 안에 불행해진다.

카페에서 한창 작업을 하고 있는데 이어폰 노랫소리를 뚫고 옆 테이블에 앉은 여자의 말소리가 들린다.

"남들은 다 쉽고 원활하게 가는 것 같은데, 왜 나만 이렇게 힘든지 몰라."

이전부터 들리던 말소리를 애써 무시하려고 볼륨을 키웠는데, 그 여자의 목소리도 함께 커졌다. 듣고 싶지 않아도 이야기를 듣게 된다.

"결혼 준비하는 게 너무 힘들어. 남들은 쉽게 쉽게 하던데, 난 왜 이렇게 힘들까? 나 취업할 때도 완전 힘들었잖아. 아 짜증나. 알바하면서, 완전 개고생하면서 취업준비를 했는데 내 친구는 놀면서도 한방에 붙은 거 알지? 재수 없어."

한숨과 원망이 섞인 여자의 이야기에 동참하다, 어느 날 내 모습과 오버랩된다. 인간이란 어쩜 이리도 어리석은지…….
내 손에 쥔 떡보다 남의 손에 쥔 떡이 더 크고 맛있어 보인다.
내 것이 아니니 좋은 점만 보이고 비교하게 된다. 걱정과 비교 불만의 성질은 비슷해서 하면 할수록 줄어드는 게 아니라 배로 불어난다.

남들은 쉽게 사는 것 같고 나의 삶보다 나아 보이듯, 반대로 남들이 보기엔 나의 삶이 좋아 보이는 단면들이 분명히 있다. 타인의 삶을 바라보는 일은 우리가 셀카를 찍는 순간에 짓는 예쁜 표정처럼 짧아서 진짜 모습을 알기 어렵다. 셀카를 찍을 땐 내 모습이 잘 보이니 최선을 다해 예쁜 표정을 짓는다.
찰나에 잡힌 예쁜 얼굴이 전부인 듯 즐거운 착각을 하며 기뻐한다. 사실은 그 모습이 진짜가 아니라, 일상을 보내며 스치는 무심한 표정들이 대부분을 차지하는데 말이다.

셀카의 순간처럼 타인의 삶이 윤택해 보이더라도 그게 전부가 아니다. 쉽고 원활하게 가는 것 같아 보이는 이들도 자세히 속을 들여다보면 어디 하나 까맣게 타지 않은 이 없다. 나 역시 마찬가지이다.

타인과의 비교를 멈추자.
타인이 겪는 불행과 비교하는 것 역시 멈추자.
"그래도 나는 이 정도면 괜찮아"라는 싸구려 자위도 멈추자.
그 어떤 비교를 멈추고 자신의 삶에 집중하자.
타인과 비교하느라 허비한 시간을 자신에게 활용하자.
'만족'이라는 감정이 그만치 깊게 찾아올 테니까.

불행해지기 가장 쉬운 방법을 딱 반대로 해보면 행복해지지 않을까.

힘내지
않아도
괜찮아

시기와 상황에 따라 고민도 바뀌고 생각도 바뀐다. 같은 학교나 직장 혹은 비슷한 경험을 한 친구들은 공감대가 형성되기 쉬우니 대화도 매끄럽다. 하지만 시간이 지나 서로 다른 경험을 하고 환경이 바뀌면서, 대화 역시 깊이 공감하기보다 조금씩 들어주고 끄덕여주는 시간으로 바뀐다. 그런데 가끔, 아니 자주 대화에 공감하기 어려워 '애쓰는' 기분이 느껴질 때가 있다. 논쟁을 벌이거나 상대의 기분을 상하게 하기 싫으니 공감하는 척한다.

상대의 말을 듣다 보면 가끔 스스로 편하려고 위로를 건네기도 한다. 고단함을 토로하는 이에게 딱히 할 말이 없을 때

"힘내"라고 말하면, 왠지 상대에게 할 수 있는 위로를 다한 기분이 든다. 그런데 듣는 사람은 진짜 위로를 받을까. 정작 내가 힘들 때 그런 이야기를 들으면, 입에선 자동반사적으로 "그래, 고마워"라고 말한다. 괜찮은 척 웃어 보여야 하는 고단함이 동반되기 일쑤다. 힘든 사람에게 쉽게 건네는 말이 "힘내"이기도 하지만, 가장 잔인한 말이 "힘내"이기도 하다. 양날의 검 같은 단어는 듣는 사람의 온도에 따라 해석이 달라진다.

"'힘내'라는 말은 무조건 버티라는 말 같아서 듣기 힘들어요. 저는 차라리 '힘내지 않아도 괜찮다'라고 말해주면 좋겠어요."

언젠가 힘든 시기를 보내고 있던 스물아홉의 J가 하얗고 마른 손을 꼭 쥐며 말했다.

"힘내지 않아도 괜찮아. 슬플 때는 마음껏 울어도 돼."

마음이 고단한 친구에게 할 말을 연습해본다. 이렇게 말하면 억지로 힘내지 않아도 괜찮을 테니, 무거운 마음의 짐 하나 덜어줄 수 있지 않을까.

이해해야만 사랑하는 것이 아니듯, 많은 감정을 공감해야만 이해할 수 있는 것도 아니다. 상대의 마음에 들어갔다 나올 수 없어도, 당신이 하는 말이 이해되지 않아도, 고민하고 있는 그 마음 자체를 같이 슬퍼해주는 것.

다른 생각으로 흐트러졌던 마음을 다잡고 내 앞에 있는 이를 꽉 안아주었다. 심장의 뒷부분을 토닥토닥 어루만져준다. 나의 뜨거운 가슴으로, 당신의 차가운 슬픔을 데워줄 수 있다면 좋을 텐데…… 그와 온기를 나누며 생각했다.

이번엔
"힘내"라고
말해주기

반면 "힘내"라고 말해주어야 하는 순간도 있다. 누군가 깊은 슬픔이 아닌 얕은 슬픔을 겪을 때 "넌 할 수 있어. 힘내"라는 말을 듣고 싶어 나를 찾아오기도 하니까.

눈빛을 살피고 기분을 살피고 어조를 살피고 말투를 살펴서, "힘내지 않아도 괜찮아" 아니면 "힘내, 조금만 견디자"라고 이야기해주는 타이밍을 잘 잡는 것.

좋게 말하면 사회성 발달로 눈치가 빨라진 것이고, 정직하게 말하면 욕먹기 싫어 얍삽한 어른이 되어버린 것이다. 어쨌든 위로에도 상황 판단이 필요하다는 걸 알아버렸다. 조금 어른이 된 것 같다.

후회는
언제 해도
늦는 거라지만

　이상하다, 옷이 줄었나? 분명 지난주까지 편하게 맞은 치마
였는데 허리가 꽉 낀다. 들숨을 잔뜩 쉬어보지만 간신히 잠근
치마 단추의 생명이 위태롭다. 옷이 줄었나 싶어 다른 옷으로
갈아입어도 마찬가지다. 안 되겠다. 당장 오늘부터 다이어트
를 시작해야지.

　다이어트를 하자고 다짐하면 꼭 약속이 생긴다. 거절할 수
없는 만남이라 음식을 앞에 두고 혼자만 멀뚱히 앉아 있기 민
망할 테니 '조금만 먹어야지' 생각하다 미각과 후각을 자극하
는 맛있는 음식에 반해 과식해버렸다. 하아…… 그나마 편한
바지를 찾아 입은 나를 칭찬하면서도 불룩 나온 배를 빨개질

때까지 세게 주물러본다.

후회는 언제 해도 늦다.

늦은 후회를 안고 집에 돌아오는 길, 그나마 양심의 가책을 덜고자 지하철 두 정거장 거리를 걸어야겠다고 마음먹는다. 뿌듯하게 지하철을 타 자리에 앉는다.

'투-둑.'

어라, 바지 후크가 떨어졌다. 식사 후 터질 것 같은 배 때문에 바지 후크가 신경 쓰였지만 열고 다닐 수 없어 겨우 잠갔는데…… 조심스레 바지 후크를 가방 안주머니에 챙겨 넣으며, (내일의 다짐이 또 무너질지라도) 내일은 꼭 저녁을 가볍게 먹으리라 다짐해본다. 늦은 후회지만 다짐이라도 하는 게 어딘가. 매일 다짐하고 후회하다 보면 어느 날은 그 다짐을 지키는 날도 있을 테니까.

한심한
감정들을
모아 버렸다

　쓰레기통이 입을 벌린다. 쓰레기봉투를 꺼내 쓰레기통의 배
를 비운다. 고민이 시작된다. 봉투의 3분의 2 정도만 채워져서
그냥 버리긴 아까운데 냄새가 나는 것 같다. 3분의 1 정도 되
는 쓰레기봉투의 가격이 얼마인지 가늠하며 냄새를 참고 쓰레
기봉투를 마저 채우기로 했다.
　온 집 안에 쓰레기봉투 때문에 냄새가 퍼진 것 같아 창문을
열고 환기를 시킨다. 그리고 먹고 쓰고 닦은 데서 나온 쓰레기
들을 봉투에 채우기 시작한다. 몇 시간 지나지 않아 봉투가 거
의 다 채워졌다. 잠깐 동안 배출한 쓰레기의 양을 눈으로 보니
순간 내가 조금 한심해진다. 일부러 봉투를 빨리 채워 버리려

고 닦지 않아도 될 것을 닦고 버리지 않아도 될 것들을 버리려
고 찾는 꼴이라니…… 한심하다.

어쩌면 인생에서도 빨리 채우지 않아도 되는 것들을 사소한
욕심 때문에 채우며 배를 불리려 무리하고 있는 건 아닐까?
조금 비어 있는 대로 두거나, 굳이 지금 하지 않아도 되는 일
들을 억지로 해 스스로를 불편하게 하고 있지는 않을까?

쓰레기봉투를 묶으며 남는 공간에 한심하고 아집투성이인
생각도 같이 집어넣는다. 봉투가 터지려고 한다. 정말 버려야
할 건 이거였구나.

할 수
있는 게
늘어간다

한 달째 연습 중이다.

"저는 귀사와 그 일을 할 수 없습니다."

"제가 받는 대우는 부당하게 느껴지네요."

"제게 상처주지 않으셨으면 좋겠어요."

라고 거울을 보며 야무지게 연습하지만 입 밖으로 나오지 않는다. 이럴 땐 거절해주는 사업이 있다면 좋겠다. 마음 졸이지 않고, 불편하고 어색한 상황을 피할 수 있도록 거절을 해주고, 불편한 피드백까지 대신 받아 깔끔하게 처리해주는 것이다.

내일은 용기 내서 말해야겠다.

'와인이라도 한 잔 마시고 전화를 해야 할까……'

"엄마, 엄마 이거 변신해줘."

생각에 골똘히 잠긴 사이 아이가 소파로 올라와 안기더니 변신로봇을 내민다.

"엄마는 이거 못할 거 같은데?"라고 무심결에 대답한다. 아이는 한 점 의심 없는 순수한 눈동자로 나를 바라보며 말한다.

"엄마 할 수 있어! 이렇게, 이렇게 해봐."

아이가 하라는 대로 하니, 진짜 변신이 된다.

'나도 할 수 있구나. 생전 처음 만진 변신로봇도 자동차로 변신시킬 수 있는데, 거절도 진짜 할 수 있어.'

노트북을 펼쳐 적절한 단어를 고르고 문장을 다듬으며 정성스레 거절하는 이메일을 보낸다. 수신확인을 수차례 누르고 답장이 올 때까지 마음을 졸이지만 거절에 대한 면역력을 키웠겠지. 하-암.

오늘은 왠지 스스로가 기특해 온 얼굴에 미소를 머금는다. 할 수 있는 일이 하나 더 늘었다.

누군가를
나의 공간에
들이는 일

"어디서 볼까요?"

"우리 집으로 오실래요? 아보카도 명란 덮밥 괜찮으시면 대접할게요."

가까이에서 마음을 나누고 싶은 사람이 생기면 사람 많고 복잡한 곳에 가기보다 집으로 초대한다. 이제 서로 알기 시작한 친구에게 마음 한편을 내주고 싶을 때가 바로 그러하다. 구경거리가 있는 화려한 공간도 좋지만, 집에서 나와 그를 위해 정성스레 음식을 준비하며 우리의 관계에 집중하는 시간도 좋다. 그 사람의 표정, 특유의 버릇, 어떤 생각을 가지고 있는지, 어떤 사람과 어울리는 것을 좋아하는지, 책과 영화, 음악 등에서 어떤 취향을 가지고 있을지 궁금해하며 쌀을 씻고 밥을 짓는다.

그이와 어울리는 음악을 틀고 새싹채소를 깨끗하게 씻는다. 아보카도를 예쁘게 자르고, 저염 명란을 꺼내 손질한다. 초록색과 다홍빛을 잘 살려줄 하얗고 깨끗한 조금은 커다란 그릇을 꺼낸다. 김이 모락모락 나는 밥을 비비기 좋게 펴 담고, 새싹채소를 얹고, 구운 율무와 찰흑미를 뿌린다. 아보카도를 가지런히 올리고 그다음 저염 명란을 올린다. 참기름을 휘휘 두르고, 명란마요네즈로 마무리하면 완성.

잠깐, 뭔가 허전한데…… 그렇지! 파를 송송 썰어 담는다. 식욕을 자극하는 냄새에 배가 고프다. 꼬르륵-. 심심하게 끓인 미소국을 담고 숟가락과 젓가락을 단정하게 정리한다.

띵-동. 벨이 울린다. 그이가 왔다, 나의 집에.

편안한 옷차림과 마음만큼 우리는 오늘 한 뼘 더 가까워지겠지. 누군가를 나의 공간에 들이는 일은 마음을 활짝 여는 일과 같지 않을까.

퇴근 후
맥주 한 잔

　강연을 마치고 집에 돌아오는 날이면 나에게 선물을 주고
싶어 편의점에 들른다. 그나마 일말의 양심으로 '라이트' 캔맥
주를 골라 손에 꼭 쥔다. 뱃살의 안녕을 확인하고, 쥐포 안주
를 살까 말까 고민하며 서성이다 결국 같이 계산한다.

　집으로 돌아와 가족들이 잠든 밤, 후다닥 샤워를 하고 가장
편안하고 볼품없는 복장으로 갈아입는다. 목이 늘어난 보들보
들한 티셔츠, 남들에게 절대 보여주기 곤란한 잠옷 바지까지.
화장을 지운 맨 얼굴에 팩을 붙이고 푹신한 소파에 앉아 맥주
캔을 따는 그 순간, 치익- 맥주 거품이 올라오는 소리에 하루
의 고단함이 날아간다.

햇살이 쏟아지는 청량한 거리를 걷는 감격스러운 마음으로 맥주를 꿀꺽꿀꺽 마신다. 하루 종일 서 있던 탓에 감각이 무뎌진 발과 퉁퉁 부은 종아리를 주무르며, 강연장에서 눈을 맞추고 진심을 나눈 사람들을 떠올린다. 언제 다시 볼지 모를 청중이지만 오늘 나의 마음을 모두 그들에게 주었다. 내 마음을 받아 집으로 돌아간 이들이 편안하게 잠들기 바라며, 하릴없이 휴대폰을 뒤적거린다.

퇴근 후 마시는 맥주 한 잔의 행복에 노곤해진다. 수고했다, 오늘 하루도. 하루의 긴장이 녹아내린다. 사소한 위로는 셀프로 해야만 하는 서글픈 어른이지만 나를 위로하는 방법을 알고 있기에 기특한 어른이기도 하다.

오늘
후회한다면

스물다섯의 현은 그것을 하지 않아 후회했다.

서른다섯의 현은 여전히 그것을 하지 않아 후회했다.

마흔다섯의 현이 말했다.

"지금 이대로 살다간 쉰다섯에 후회할 거 같아서 마흔다섯에 질렀어."

이십 대부터 작은 카페 주인장을 꿈꾸던 현이 마흔다섯에 카페를 열며 한 말이다. 그는 늘 작은 카페를 열고 싶었지만 이상과 현실 사이에서 이십 년을 고민했다. 앞자리 숫자가 바뀌어도 여전히 가장 하고 싶은 일이 카페 주인임을 느끼고 이십 년이라는 세월이 무색하리만치 속전속결로 카페를 열었다.

커피를 내리는 현의 모습은 더없이 편안해 보이고 잘 어울렸다. 경제적인 문제 때문에 후회할 수도 있고, 막상 꿈꾸던 일을 하긴 했는데 생각보다 버거워 후회할 수도 있다. 하지만 하지 않았다면 쉰다섯의 현은 '하지 않아' 후회하는 십 년을 보냈을 것이다. 해도 후회, 안 해도 후회라면 안 해서 생기는 후회는 이미 이십 년을 해봤으니 족하지 않을까.

오늘 후회한다면 내일도 후회하고 모레도 후회한다.
오늘 만족한다면 내일도 만족하고 모레도 만족할 수 있다.

세찬
바람이
멈추는 곳

겨울이 끝났다. 바람은 왜 이다지도 매섭고, 베일 듯 아픈 지…… 겨울이 지나고, 나무가 녹음을 뿜내는 계절이 오자 매일 나무가 익어가는 다채로운 색을 바라보는 것만으로도 황홀해진다.

이제는 두터운 외투를 입지 않아도, 가벼운 슬리퍼에 찰랑이는 스커트를 입어도 어색하지 않은 계절이다. 지인들은 하나둘 여행을 떠나고, 종종 여행지에서 찍은 사진들을 보내주곤 한다. 사진을 열어보는 것만으로도 미소가 번진다. 사진 속 푸름은 마음의 고향, 제주 바다다.

스물아홉, 지독한 아홉 앓이를 했다. 아홉수라고 하던가. 서른이면 근사한 어른이 되어 있을 줄 알았다. 내 이름으로 된 오피스텔과 높은 연봉, 안정된 작업과 유연한 인간관계만 있을 줄 알았는데, 여전히 미래는 불안했다. 끝이 보이지 않는 터널 속에 갇힌 기분이랄까. 기대와 전혀 다른 실망스러운 서른을 마주하고 몸과 마음이 아팠다.

그때 제주 협재 바다 사진 한 장을 우연히 보고 무작정 비행기에 몸을 실었다. 며칠 동안 게스트하우스에서 먹고 자며 걸었다. 걷다 지치면 바다를 보며 멍하니 앉아 있었다. 울고 싶으면 울고, 먹고 싶지 않으면 굶고, 배가 고프면 그제야 먹었다. 바닷가에서 혼자 충분히 시간을 보내고 돌아오면 왠지 모르게 마음이 편안해졌다. 그렇게 보잘것없고 시시한 서른을 인정하게 되었다.

그 후 맞이한 서른은 생각보다 괜찮았다. 제주 여행기를 출간했고, 한 달간 소설에만 집중했고, 책을 썼고, 사랑을 했다. 손에 닿지 않는 풍선을 파도에 흘려보내고 온 덕분이다. 그날부터 마음에 바람이 세차게 불 때면 마음의 고향으로 떠나는 나만의 의식이 생겼다. 몸이 떠나지 못하면 마음이라도 보낸다.

눈을 감고 제주 바다를 거닐면 세찬 바람이 잠잠해진다. 내
게 그곳은 도피처고, 마음에 바람이 불 때 잠잠히 다스려줄 안
식처이다. 나에게 든든한 안식처가 있으니 다가올 마흔이 기
대된다. 오십도, 육십도 기대된다. 바람막이 같은 바다가 기다
리고 있으니.

휘청거린다면
마음껏
흔들리기

자전거를 타다 넘어질 위기에 처하면 본능적으로 핸들을 반대쪽으로 돌리게 된다. 그런데 이때, 핸들은 반대쪽이 아니라 넘어지는 방향으로 돌려야 휘청거리는 방향을 바로잡을 수 있다. 삶도 그렇다. 지금 휘청거린다면 어적어적 빠져나오려 애쓰지 말고, 그 휘청거림 안에서 흔들림을 느껴보아야 한다. 한껏 흔들려도 괜찮다.

해가 지고 밤이 오고 달이 뜨고 다시 아침이 오는 것처럼 시간은 부지런히 지나갈 테니. 시간이 하는 일을 지나다 보면 고민과 고단함은 나이테가 될 테니.

위기를 피하지 않고 정면으로 맞서보아야 한다. 두려움마저

사라지는 위기의 순간이야말로 문제가 풀려가고 있는 과정이다. 흔들려본 사람만이 흔들리는 과정을 극복할 수 있으니 오늘이 새로운 삶의 방식을 연습하는 시간이라 생각하고 (슬프지만) 견디어보는 것이다. 견디다 보면, 문제를 정면으로 마주할 수 있는 용기가 생긴다.

그러다 보면 나에게서 한 발자국 떨어져 상황이 객관적으로 보이고, 풀리지 않는 문제들이 이해되기 시작한다. 그 순간, 더 이상 문제가 아니라 흘러가는 어떤 일일 뿐이라고 대수롭지 않게 받아들이는 내가 된다.

흔들림이 더 이상 불안하지 않고, 흔들리며 사는 것이 인생이라는 어렴풋한 깨달음. 지금도 여전히 흔들리며 살고 있는 내가 느끼고 있는 감정이다.

5장

생각보다, 생각만큼 괜찮아

지난 달, 서울시청에서 행복을 주제로 특강 요청을 받았다. 청년들을 대상으로 하는 강연이라 일단 수락은 했는데, 무슨 이야기를 들려줄지 고민이다.

　나는 기본적으로 삶이 행복으로 가득 차 있다고 생각하지 않는 사람이다. 삶은 불행과 불유쾌로 가득 차 있고, 이 불행한 삶에서 조금씩 좋은 기억들을 만들어내서 행복을 향해 다가가는 것이라고 생각한다.

　그래서인지 세상은 무조건 행복하다는 핑크빛 낙관주의자들 곁에서 초라해진다. 내 어둠이 그들의 빛에 누가 될 것만 같다. 어쩌면 그들의 생각이 사람들에게 더 희망을 주는 게 아닐까. 대체 모두가 말하는 희망이란 무엇일까? 희망 역시 쉬이 손에 들어올 리 없는 슬픈 꿈 아닐까(아니, 다른 사람 손 말고 내 손에 들어올 리 없는). 슬픔을 이겨내기 위해 살아가듯, 희망도 슬픔에 덧대어 고안한 것들이 아닐까(아니면 더 좋을 것 같기도 하다).

이상하게 내내 울고 싶은 날이 있다. 글을 읽어도 마음이 아프고, 신나는 오디션 프로그램을 보아도 참가자들의 간절한 심정에 전이되어 울고 싶다. 눈물이 나오면 좋으련만, 마음 깊은 곳에 고인 슬픔은 감추기에 익숙해 모습을 드러내길 꺼린다. 걷잡을 수 없을까 봐 자꾸 숨고 만다. 쉬이 나와도 괜찮은데. 아이러니하게도 종종 깊은 슬픔이 슬픔으로 위로되는 순간이 있다. 깊은 감정이 모습을 드러내면 어둠을 위로하려고 억지로 빛을 꺼내지 않듯, 흘러가주길 기다리는 슬픔을 위해 자리를 내어준다. 슬픔이 길을 잃지 않도록.

슬픔에게 자리를 내어주며 기다린다. 기다리다 섬광처럼 스치고 지나간다. 무언가, 무언가 지나가버렸다. 자라면 절로 어른이 될 줄 알았는데, 꿈꾸던 근사한 어른은 형체가 없다. 이

것이 인생임을 알아버렸다. 이미 그 삶 속으로 들어가 살고 있다. 생각보다, 생각만큼, 어쩌면 생각 이상으로, 괜찮다.

말하는 대로

내게는 비밀 노트가 있다. 사소하거나 혹은 대단한 목표와 꿈, 소망들을 적어 두면 시간이 지나 이루어지는 신묘한 노트다. 이 노트의 존재를 친구들에게 이야기하니,

"'연애하기'라고 적어줘."

"'건물주'라고 좀 써줘."

"'유튜브 대박'이라고 적어줘."

"그 노트 좀 구할 수 없을까?"

라는 청탁이 쏟아진다. 빙그레 미소 지으며 사랑하는 사람들의 소망을 꼼꼼 눌러 적으며 나의 소망도 쓴다. 간절하게 소망해주는 사람이 많으면 많을수록 언젠가 그 꿈을 이룰 수 있다

고 기대하며 정성스레 꾹꾹 눌러 적는다. 사람들에게 내 꿈을 이야기하면 터무니없다고 비웃을 것 같아 가슴에 간직하기 버거운 꿈들을 혼자 노트에 기록했다.

성공은 어느 날 우연히 찾아오는 게 아니라, 매일 같은 노력과 일상을 반복할 때 어쩌다 한 번 얻어걸리는 과정이 아닐까 생각한 건, 실패에도 내성이 생겨 더 이상 실패가 아니라고 느낄 무렵이었다. 자주 넘어지다 보면 다칠 위험을 최소화하려고 착지 능력이 생긴다. 그러면 넘어지더라도 툭툭 털고 일어나는 시간이 빨라진다. 때론 넘어진 줄도 모르고 살아가다 시간이 지나 보니 넘어'졌었다'라는 걸 알게 되기도 한다. 그런 날들 속에서도 포기하지 않고, 꾸준히, 성실하게, 나를 믿으며 살아가다 보면 어느새 그토록 그리던 꿈에 닮아가고 있는 오늘과 조우한다. 오늘의 나는 더 이상 '실패'를 '실패'라 부르지 않는다. '실패'는 곧 '시도'와 같다. 꿈에 다가가기 위해 다양한 방법으로 '시도'해본 것뿐이다. 시도가 빈번할수록 경험의 폭도 넓어지니, 좋지 아니한가.

단순히 노트에만 적었기 때문에, 그리될 거라 믿었기 때문에, 간절히 소망했기 때문에 꿈을 닮아간 것이 아니다. 간절하게 소망하고 말하면서 꿈이 이루어질 수 있게 쉼 없이 노력했기 때문이다. 설령 바라던 대로 이루어지지 않았다 한들 애타게 시도해보았기 때문에 최소한 '후회'나 '미련'은 남지 않는다. 후회나 미련을 줄이는 것만으로도 얼마나 멋진 삶인가.

사랑에 빠진 순간 물거품처럼 사라진 인어공주가 되지 않기 위해 꿈에 닿는 순간 다시 새로운 꿈을 꾼다. 오늘 꾸고 있는 이 꿈이 얼마나 오랜 시간을 기다려야 이루어질지 알 수 없지만, 기다리는 과정 안에서 행복을 경험했기에 말하는 대로 이루어지는 삶을 믿어본다. 한 번 믿어 안 되면, 두 번 믿고 세 번 믿는다.

후회와 미련 없이 자신을 믿어주는 근사한 나이테를 가진 어른이 되어가고 있다. 꿈은 더 나은 나를 만드는 도구일 뿐.

기쁠 때
사심 없이 기뻐해주는
사람이고 싶다

　기분 좋게 밥을 얻어먹은 날이다. 보통은 오랜만에 만나 밥을 얻어먹으면 신세 진 것 같아 마음 한구석이 불편해지는데, 오늘은 효열이 사는 밥을 정말 기쁜 마음으로 꼭꼭 씹어 먹었다. 오랜 시간 묵묵히 작품 활동을 해온 설치미술가 효열이 드디어 작품 값을 제대로 받는 날이 온 것이다. 친구가 이를 드러내고 환하게 웃는 모습을 보니 나까지 기분이 좋아졌다. 그가 몇 년 전 깊은 우울에 잠겨 있던 시간이 생각나 더없이 기쁘기도.

　주변 지인들이 대기업에 취업하고, 정규직 직장을 가질 때 효열은 돈이 되지 않지만 자신이 좋아하는 작업을 묵묵히 이어나갔다. 시간이 흘러 효열의 진심과 메시지가 세상에 닿는 지금 이 순간이 내 일처럼 가슴이 벅찼다. 좋은 기운을 받고 돌아와 콧노래를 흥얼거리며 나의 작업을 이어나간다.

　어른이 되어 다짐한 일 하나는, 곁에 머무는 이들에게 좋은 일이 생겼을 때 시기하거나 질투하지 말고 진심으로 기뻐해줄 수 있는 사람이 되자였다.

　전에는 막연히 '슬플 때 달려가고 위로해주어야 친구지'라고 생각했다면, 일련의 사건들로 관계의 균열을 겪으며 '나'에 대해 깨달았다. 나라는 사람은 슬픈 일이 생기면 혼자 숨어들고, 기쁜 일이 생길 때 기쁨을 나누길 좋아하는 성향을 가져 기쁜 일을 더 많이 이야기하는 편이다. 좋은 이야기를 해야 좋은 기운이 돈다고 생각한다. 그런데 이런 성향은 자칫 재수 없어 보이기 십상이다. 상대가 저 사람은 좋은 일만 가득한 것 같다고 오해할 수 있기 때문이다.

　물론, 나 역시 처음부터 기쁜 일을 기뻐할 줄 아는 사람은 아니었다. 한때 지독한 자기연민에 시달려 '나이 듦'을 갈망했다. 하얗게 머리가 센 선생님들의 여유 있는 포용력을 동경하며 이 고단한 시간이 끝나기만을 기다렸다. 왜 나에게만 이런 일이 생기는지, 늘 인생은 불공평한 것이라 불평하며 많은 시간을 허비하기도 했다.

우울한 기운을 달고 살던 어느 날 거울 속에 비친 나를 보았다. 젊은 나이가 무색하게 마음의 생기가 죽어버린 듯 표정이 없는 거울 속 여자가 바로 나였다. 다른 내가 되고 싶었다. 그 후로 책 속에 나온 좋은 행동을 한 가지씩 따라 하며 성격을 바꾸고, 사회성을 학습했다. 자주 웃기 시작했더니 진짜 웃음이 나왔다. 진짜 웃음이 나오니 사는 게 행복해졌고, 좋은 일도 나쁜 일도 받아들이는 연습을 할 수 있었다.

좋은 기운을 나누고 싶어 슬픔을 감추는 나를 재수 없다고 여기지 않는 사람과 잘 맞는다는 건 여러 사람을 만나고서야 깨달았다. 하루만치, 일 년만치 성숙하면 모르는 일도 없고 시행착오도 적을 것 같은데 여전히 모르는 것투성이다. 세상과 나에 대해 배워야 할 것투성이다.

슬픔에 같이 아파하는 건 기본이고, 좋은 일이 생겼을 때에는 못나게 질투하거나 시샘하지 않고 진심으로 함께 기뻐하는 사람이 되고 싶다.

생각의
길이가
길어졌다

손끝에서 고스란히 전해지는 나뭇결이 기분 좋게 느껴진다. 이케아에서 신중히 골라온 책상을 쓰다듬으며 문득 감격스러워졌다. 결혼할 때 가장 많이 가져온 짐은 책이었고, 가장 신중히 고른 가구는 책상과 의자와 책장이었다. 책이 내게 차지하는 의미는 단순한 책 그 이상이다. 책으로 집 안을 채우면 나무가 심어지듯 정서적 안정감을 얻는다. 누구와도 공유하지 않는 책상과 컴퓨터가 있는 나만의 공간에서 온전한 자유를 누리고, 사색하며 한 숨 쉬어간다.

이 년마다 이사를 다니고, 아이를 낳고, 집의 크기가 커지고 줄어들며 점점 책상의 크기도 줄어들었다. 어린아이에게 필요

한 게 이다지도 많은 줄 몰랐다. 아이의 장난감 부피가 이렇게 커질지도 예상하지 못했다. 아이에게 많은 장난감은 필요 없다고 생각했지만 마음씨 좋은 지인들이 소중히 간직했다 물려준 장난감과 책들이 늘어나 점점 나의 공간은 줄어들었다. 남편은 이미 자신의 공간을 포기한 지 오래다.

식탁에서 일을 해야 하는 날들이 이어졌다. 혹은 스툴 위에서, 침대 위에서 쪽잠을 자듯 공간을 쪼개어 숨 쉴 공간을 만들어 글을 썼다. 때문에 시간만 나면 카페로 달려 나갔다. 식탁에 앉아 있으면 청소라던가, 설거지, 빨래 널기 등을 해야 할 것 같은 생각이 들곤 했다. 카페를 옮겨가며 혹은 한자리에서 여러 잔의 커피를 마시며 글을 쓰다, 불현듯 다시 책상을 애타게 가지고 싶어졌다.

작은방에 들어찬 옷과 짐을 한 달 내내 버리고, 나누고, 팔고, 정리하고 나서야 1200자 책상이 들어갈 자리가 생겼다. 옷과의 거리는 한 뼘이지만 그래도 내 공간을 얻었다. 또다시 한 달간 신중히 책상을 골랐다. 책상과 스탠드와 의자가 완성되던 그날, 모두 잠든 시간에 와인 한 잔을 들고 작은방에 들어갔다. 음악을 틀고 멍하니 있다 글을 몇 자 써 내려간다.

그제야 가족과 나의 삶이 공존하는 기분이 들었다. 가족과 나의 공간이 분리되지 않을 땐 답답했다. 물론 누구나 그렇게 산다지만, 누구나 그 삶에 적응하는 건 아니다. 자신만의 공간이 있어야 숨을 쉴 수 있는 사람이 있는데, 나는 그 편에 속하는 것이다. 홀로 외롭게 보내는 시간이 잠시라도 있어야 생각도 자유롭게 흘러 글을 쓸 수 있다.

"여자에게 책상은 꼭 필요해"라고 혼자 중얼거린다. 아, 좀 편파적인 이야기인가? 다시, "어른에게 책상은 꼭 필요해"라고 중얼거리며 웃는다.

책상에서 문밖까지 거리는 몇 걸음 되지 않지만, 이 작은 공간이 있기에 나만의 울창한 숲을 만들며 살아갈 수 있다.

나의 성향을 인정하고, 그에 따라 존중해주기.

책상에 턱을 괴고 앉아 있으니, 이 순간 삶에 매료되는 것 같다.

전세
계약서

지하철을 환승하러 가는 길 마지막 계단에서 니은 자로 넘어졌다. 두 바퀴 굴러가는 휴대폰을 안타깝게 바라보며 엉금엉금 걸어가 깨지지 않은 액정을 확인하고 안도했다. 다리를 절룩거리며 아직도 시도 때도 없이 넘어지는 나에게 헛웃음이 났다. 호기심과 공상이 많은 나는, 맨 다리에 상처가 아물만 하면 다시 상처가 날 정도로 자주 넘어졌다. 갈색으로 알맞게 익은 딱지를 흉터 없이 떼는 법을 익혔을 땐 이미 몸이 자란 후였다. 어른이 되면 길에서 넘어지지 않을 줄 알았는데 여전했다. 자랑스럽게도 차이점은 있다. 넘어진다고 느끼는 순간 착지법을 익혀서 전보다 덜 다친다는 점이다. 하하. 넘어질 때 잘못 짚으면 손목까지 다친다, 허리와 무릎을 조심하자, 발목이 꺾이면 즉시 병원에 가자 등등 경험에서 우러나온 나름의 생활 대처 방식이 생겼다.

이미 어른이라고 생각했는데, 실컷 넘어진 것 말고는 아직도 경험해보지 못한 일이 많다. 얼마 전 생에 처음으로 전세 세대주가 되었다. 부동산에서 집주인을 만나 서류를 주고받으며 혹시라도 알고 있는 정보와 다른 것은 없을까 성실히 살폈다. 집주인은 나와 동년배로 홍제동에 산다고 했다. 홍제동은 어떤지, 이 동네는 어떤지 이야기를 나누며 경계가 조금 풀렸다. 하지만 '사람 일은 모르는 거야!'라며 부동산에 도착하기 전 검색한 '전세 계약 시 주의할 점'을 상기한다. 다행히 이상이 없는 듯하다. 자본주의 미소를 지으며 잘 부탁드린다는 인사를 하고, 동사무소로 달려갔다. '확정 일자'까지 찍힌 전세 계약서를 손에 들고 집으로 돌아와 거실에 대 자로 뻗어 누웠다.

웃음이 났다. 하하하. 하하하. 하하하-하하.
'혼자 전세 계약을 할 수 있는 어른이 되었어.'
스스로가 기특해 나를 쓰다듬어주었다. 행여 실수했을까 싶어 전세 계약서를 펼쳐 다시 들여다본다. 계약서를 끌어안고 몸을 일으키며, 왠지 오늘은 평소에 잘 못 마시던 소주가 당긴다. 뜨끈한 국물에 소주나 한잔하고 자야지. 기왕이면 근처에 포장마차가 있다면 좋을 테지만, 이마저도 다 괜찮은 날이다.

성격은
물건처럼
고칠 수 있는 게 아니다

그러니,
예민하고 섬세하고 까탈스러운 나를 좋아하련다.
그런 덕분에 타인의 감정을 잘 알아챌 수 있고,
공감해줄 수 있지 않은가.
물건처럼 쉬이 고쳐 쓸 수 없는 게 성격이다.
모났다 여기는 부분 때문에 고치지도 못할 거면서
괜히 스트레스 받지 말고, 이젠 인정해주자.
모난 부분까지도 나의 일부분이니까.

공간이
주는 위로

글이 풀리지 않을 때면 달려가는 카페가 몇 군데 있다. 십 년 가까이 오랜 시간 자리를 지키는 고마운 카페들 중 오늘은 평창동 카페로 달려왔다. 팔 년째 단골인 이 카페는 커피가 일 관성 있게 맛이 없다. 한데 탁 트인 경관과 내가 작업하는 시 간대에 비교적 적은 손님, 테라스에서 멍하게 있다가 보이는 멋진 집들엔 누가 살고 있을까 마음껏 상상할 수 있는 재미가 있다. 고개를 돌려 산도 보고, 하늘도 보고, 바람도 느끼다 보 면 꼬여 있던 실타래가 스르륵 풀린다.

작업이 잘 되지 않을 때 찾아가는 카페나 공간을 서너 군데 정해둔 것은 사실 나를 위한 것이다. '그곳에 가면 작업이 잘 풀릴 거야'라고 자기 암시를 하면 생각이 환기되어 할 수 있다는 믿음이 생긴다. 그런 마음으로 시작하니 자연스레 막혀 있던 작업에 활기가 돋는다.

어른이 되어 좋은 점 하나는 공간이 주는 위로를 안다는 것이다. 그 공간에서 위로받는 작은 사치를 부릴 수 있는 돈벌이를 하고 있다는 것도 좋다. 성실히 번 돈으로 누리는 작은 사치는 고단한 오늘을 더욱 힘내어 살아갈 수 있는 증폭제가 된다.

마음이 울적할 때, 스트레스 받을 때, 일이 잘 되지 않을 때 달려갈 수 있는 나만의 장소를 찾아보면 어떨까. 꼭 문을 열고 들어가야 하는 공간이 아니어도 되고, 한강이나 공원처럼 개방된 공간도 좋다. 서글픈 마음을 두고 뒤돌아 올 수 있는, 조금은 마음이 너그러워지는 공간. 공간의 힘은 의외로 세다. 그곳에서 깨닫는 행복해질 것이라는 믿음은 실제로 나를 행복하게 만들어준다(이건 비밀인데, 실은 작업이 잘 풀리는 카페가 각 지역마다 몇 개씩 있다. 씨-익).

봄은
또다시
온다

가지 않을 것 같은 시간은 가고
오지 않을 것 같은 계절도 온다.

영원한 어둠도 없고
영원한 빛도 없다.

빛과 어둠의 파도에 잠식되지 않는 연습.
살아가는 연습.
어른이 되어가는 연습.

어른의
형태

아이가 일주일 동안 고열에 시달렸다. 파리한 낯빛에 펄펄 열이 끓는 아이를 안고 덜컥 겁이 났다. 네가 사라져버리면 어쩌지, 네가 열을 견디지 못하면 어쩌지. 체온계에 찍힌 40도라는 숫자에 덜컹거리는 마음을 붙잡고 하루를 보냈다.

기운을 북돋는 음식을 먹이고, 잠을 재우고, 부모의 사랑을 더하자 점점 기운을 차린 아이는 다시 웃는다. 아이의 맑은 웃음을 듣는 것만으로도 집안이 활기에 찬다. 아이야, 웃어줘서 고마워.

"엄마, 치호 도넛 사줄래요?"

그림책을 보던 치호가 검지로 도넛 그림을 가리키며 말한다. 초콜릿이 잔뜩 묻은, 평소에 잘 사주지 않는 도넛이다.

"치호야, 이거 말고 저거 먹고 싶어?"

치호가 먹고 싶다는 음식이 도넛인지 재차 확인하고 퇴근길에 사오겠다고 약속을 한다. 가만, 오늘은 저녁에 미팅이 있는데…… 아이에게 도넛을 먹이려면 밥을 먹자마자 뛰어와야 하는데…….

며칠을 앓은 아이의 마른 몸이 눈에 아른거려, 저녁 일정을 함께 해야 하는 분께 양해를 구하는 메시지를 보냈다. 따뜻한 배려 덕분에 이르게 만나 일을 정리하고 바삐 몸을 움직였다.

'도넛 매장이 어디 있더라? 지하철역 안에도 있고, 지하철역 인근에도 있었지.'

지하철역 안에 있는 매장은 왠지 먼지가 더 많을 것 같아, 평소 내리던 정류장을 지나쳐 도넛 매장으로 향했다. 도넛을 고르는 손길이 바쁘다. 아이에게 어떤 도넛을 골라주면 맛있게 하나를 다 먹으려나. 아침부터 온통 머릿속을 지배하던 도넛을 사 들고 집에 들어가는 길, 초조하던 마음이 이제야 놓인다.

행여라도 도넛이 흔들릴까 봐 살살 걷는다. 그러면서 생각했다. 누군가를 지키기 위해 살아가는 일이, 결국 세상에 발을 붙이고 살아가는 힘이 아닐까 하고. 손에 든 도넛 상자가 무겁다. 이상하다. 도넛이 세 개밖에 들어 있지 않은데. 어른의 무게가 함께 들어 있나. 양팔로 도넛 상자를 안고 힘차게 발걸음을 내딛는다. 이렇게 어른이 되어가나 보다.

이번 생,
생각보다
괜찮은 것 같아

네 살이 된 치호는 여름이 되더니 엄마를 부쩍 찾기 시작한다. 주로 "엄마 좋아"라며 온몸에 매달린다. 안기는 아이를 부둥켜안고 생각한다.

'아들이 이렇게 애교 많은 고양이 같았나?'

치호를 먹이고, 씻기고, 재우는 시간들. 단순하고 원초적이지만 가장 중요한 의식들을 치르고 나면 아이의 옆자리에서 노닥거리는 시간을 가진다. 하루 중 가장 평온하고 따뜻한 시간이다.

내 곁에 있는 치호는 기분이 좋다.

"사랑해요 엄마."

"엄마 볼에 뽀뽀."

자기 볼에 뽀뽀를 해달라며 왼쪽 뺨을 내미는 녀석을 으스러지게 안아준다.

"엄마 좋아, 엄마 손잡자, 우리 같이 노래 부를까~?"

"그래 좋아, 어떤 노래 부를까?"

"반짝반짝 작은 별~."

〈반짝반짝 작은 별〉과 〈곰 세 마리〉까지 연달아 흥얼거리고는 묻는다.

"이번엔 우리 어떤 노래할까~ 엄마는 어떤 노래가 좋아~?"

"음…… 엄마는 나비야?"

〈나비야〉까지 다정하게 부른 녀석은 손을 꼭 쥐고 새근새근 잠이 든다.

'신은 나에게 이 고단한 일상을 위로하라고 작은 천사를 보내주었구나.'

잠든 녀석의 얼굴을 가만히 들여다보다가 빙그레 미소 지으며 눈을 감는다.

오늘 하루도 무사히. 이렇게.

혼자가
아니야

아침 일찍 집을 나서다 콘크리트 사이에 핀 풀꽃을 보고 감탄했다. 이토록 척박한 틈바구니에서 네가 피었구나. 콘크리트에서도 꽃이 피는데, 더 이상 눌러 담을 수 없이 팽팽한 마음일지라도 기꺼이 길을 걸어가야지.

한참 풀꽃을 바라보고 있는데 저쪽에서 경비원 아저씨가 작은 주전자에 물을 담아 오시더니 풀꽃에게 일일이 물을 주고 계신다. 순간, 뭉클한 감동이 밀려온다. 세상에서 혼자인 것 같아도 보이지 않는 손길이 너를 보살펴주고 있었구나. 그래, 삶에서 혼자인 듯 버려진 것 같아도 혼자이지 않던 날들처럼 나에게도 보이지 않는 온기가 있었지.

혼자가 아니야, 혼자가. 풀꽃에게 안녕을 속삭이며 싱긋 웃다가 나에게도 말해주었다. 오늘 하루도 혼자가 아니야.

어쩌면
내 염려보다
가벼울지 몰라

　합정동에서 출판사 미팅이 있는 날은 왠지 즐겁다. 인근에 좋아하는 카페들이 많기도 하고, 걸어 다니면서 보는 도시산책이 재미있기 때문이다. 사는 곳에서 거리가 먼 것만 빼면 자주 오고 싶은 합정동에서 미팅을 끝냈다. 왠지 예감이 좋다. 아무리 회의를 해도 제자리를 맴도는 기분이 들 때가 있고, 폭죽 터지듯 팡팡 잘 흘러갈 때가 있는데, 오늘은 후자다.

　복합 쇼핑몰을 지나다 좌판에 잔뜩 걸려 있는 옷을 보고 멈칫했다. 참새가 방앗간을 지나칠 수 있나. 옷을 좋아하는 나에게 날씨도 좋고 기분도 좋은 오늘이야말로 아이쇼핑하기에 최적의 날 아니겠는가. 신이 나 거울에 이 옷, 저 옷 대보다 치마바지 두 벌을 샀다. 평소 같았으면 입어보기 귀찮아서 집으로 갈 텐데 오늘은 왠지 입어보고 싶다. 불길한 예감은 언제나 틀리지 않는다. 어울리지 않을 걸 예감하면서도 충동 구매한 옷은 둘 다 큰 엉덩이를 지탱하기엔 작았다. 거울에 비친 꽉 긴 바지를 노려본다. 바지는 죄가 없다. 조절 못 하고 먹어댄 탓에 불어난 정직한 내 살들이 문제지.

환불해달라고 말할 생각을 하니 가슴이 마구 뛰기 시작한다.

'환불은 절대 안 된다고 하면 어쩌지?'

'두 벌이나 환불해달라고 하면 직원이 성을 내려나?'

'비싼 것도 아닌데 한 벌은 그냥 집에서 입고, 한 벌만 환불할까? 아니야, 그동안 이런 식으로 집에 쟁여둔 홈웨어가 몇 벌인데…….'

이럴 땐 대면하지 않고 환불할 수 있는 인터넷 쇼핑몰이 간절하다. 나쁜 짓을 하지 않았는데도 가슴이 두근거린다. 지나치게 친절했던 직원에게 미안해진다. 아…… 나는 왜 이렇게 소심한 걸까. 콩닥거리는 가슴을 안고 용기 내어 말한다.

"저…… 30분쯤 전에 이 옷을 구매했는데, 환불 가능할까요?"

소심하게 망설이던 내가 무색하리만치 흔쾌히 환불이 진행된다. 아, 왜 가슴을 졸였던가……. 만약 가슴 졸이고 망설이는 일이 있다면 눈 딱 감고 시도해보자. 어쩌면 많은 일이 내 마음을 무겁게 한 지나친 염려보다 가벼울지 모른다.

모든 것이
좋은 날

길을 걷다 낡은 벽에 붙은 문구를 보았다.

'everything will be happy'

평소엔 무한긍정은 정신건강에 좋지 않다는 주의였는데 오늘은 모든 것이 행복해질 것이라는 글을 하염없이 바라본다. 아름다운 글들은 희망이 없는 오늘도 견디게 하는구나, 생각하며 되뇐다.

'잘 될 거야, 괜찮아. 앞으로 더 나아질 거야.'

모든 것이 좋은 날이다. 그런 날이라 생각했으니, 설령 그렇지 않아도 그런 날이다.

마음의
면역력

가늘게 연결된 지인들과 백일 글쓰기 모임을 하고 있다. 매일 주제를 받고 그에 따라 짧거나 긴 단상을 쓰는데, 나는 쓰는 일을 하고 있다는 핑계로 전혀 성실하지 않게 참여한다. 그래도 꾸준히 모임에 참여하는 이유는 하나다. 쓰는 것을 좋아하는 이들이 가지고 있는 분위기를 좋아하기 때문이다. 오늘은 어떤 주제가 올라왔을지 확인하다가 S가 작성한 주제를 보고 마음이 덜컥 내려앉는다.

'어떤 일은 몰라도 된다고 생각해요. 마음의 면역력이 없는 상태에서는 더 그래요.'

몰라도 되는 세계, 알고 싶지 않은 세계가 점점 많아졌다. 듣지 않고 보지 않고 알고 싶지 않지만, 듣게 되고 보게 되고 알게 되어버린다. 대책 없는 마음의 병을 앓고 있으면서도 괜찮은 척 웃을 때도 많다. 비단 나뿐이랴. 공허한 슬픈 눈빛을 보면 알 수 있다.

웃는 눈빛이 슬픈 이들이 모여 서로를 얼싸 안는다.
오늘 밤에도 별이 빛나는 이유가 아닐까.
눈물들이 모여 어둠 속 별이 되었으니.

괜찮은 어른이
되는 법은
잘 모르지만

찍힌 사진 중 유난히 좋아하는 사진이 있다. 하노이 호텔 방
에서 일행이 잠든 고요한 밤, 혼자 스탠드 불빛에 의지해 글귀
를 적고 있는 사진이다. 사진 한 장이 이십 대의 열렬한 열병
을 이야기해주는 것 같다. 그 시절의 나는 뜨거웠고, 불안했고,
흔들렸고, 아팠다. 쉴 새 없이 꿈을 꾸고, 미끄러져 넘어지고,
다시 시도했다. 울기도 엄청 많이 울었다. 게걸스럽게 활자를
흡입했고, 글을 썼다. 마치 생이 오늘밖에 남지 않은 사람처럼
열렬하게 살았다. 아니, 살아냈다.

　책 한 권 출간해놓고 마치 대단한 사람이라도 되는 양 으스
대기도 했고, 그러다 시시하고 졸렬한 나에게 실망하기도 했

다. 이대로 인생이 꽃길만 걸을 거라 믿을 만큼 무지몽매했다. 꽃이 피고 진다는 걸, 진 뒤에 다시 꽃봉오리를 맺기 위해 얼마나 오랜 시간을 기다려야 하는지 알지 못했다.

주머니는 가볍고 먹고 싶은 건 많아 주변인들에게 신세를 졌다. 이상은 크고 현실의 벽은 얇디얇아 속이 시커멓게 타들어갔다. 하지만 포기할 수 없는 꿈이었기에 버텼다. 버티지 않으면 살 수 없을 거 같아 몸을 돌보지 않고 일만 하며 살았다.

사랑했지만 늘 외로웠다. 사랑을 주는 방법을 모르는 바보였고, 제대로 받을 줄도 모르는 멍텅구리였다. 마음을 다해 사랑하지 않았으니, 마음을 다해 사랑받지 못했다. 이별의 원인이 나라는 사실을 깨닫기까지 오랜 시간이 걸렸다.

인간관계는 지금도 어렵지만 그때는 더 어려웠다. 가뜩이나 사회성이 부족한 인간이 방어력 없이 사람들과 유연한 관계를 맺으며 지내려니 문제가 생겼다. 그 문제를 극복하는 방법을 몰라 심리학 책을 읽으며 인간에 대해 공부했지만, 공부하면 뭐하나 지금도 가장 어려운 게 인간관계인 것을.

괜찮은 어른이 될 거라는 막연한 기대가 산산이 부서졌다. 지금도 충분히 시시한데, 앞으로 더 별 볼 일 없어지지나 말았

으면 좋겠다고 생각하다 읊조려본다.

"시시해지면 어때. 별 볼 일 없어지면 어때. 그게 나인걸."

칭찬해줄 만한 변화다. 별 볼 일 없는 오늘의 나를 인정하기 시작한 것이다. 그러자 이상과 현실의 괴리가 줄어들었다. 포기할 것과 샛길로 돌아가는 방법을 알게 되었다. 이제는 건강을 해칠 만큼 일을 하지 않는다. 건강을 잃으면 모든 것을 잃는다는 걸 알았으니까.

괜찮은 어른이 되는 법은 잘 모르지만 오늘의 나를 행복하게 만들어주는 법은 알게 되었다. '괜찮은' 어른의 기준 따윈 없다. 괜찮아 보이는 어른들도 막상 들여다보면 자기 앞의 생에 괴로워하는 인간적인 면모를 가졌다. 어쩌면 괜찮은 어른이란 이렇게 촘촘히 자신에 대해 이해하고 알아가며 조금씩 마음의 날을 거두고 나를 더 사랑할 줄 아는 사람이 아닐까? 그렇다면 나도 '괜찮아지고 있는' 어른일지도 모른다는 실낱같은 희망을 품어본다.

오늘도 나는 여전히 뜨겁고 열렬하게 생을 사랑한다. 여전히 글을 읽고 글을 쓰는 삶이 행복하다. 머리가 하얗게 센 노인이 될 때까지 커피 잔을 곁에 두고 글을 쓰고 싶다. 그리고 사랑하는 이들과 잔을 부딪치며 깔깔 웃고 싶다. 좋아하는 일에게 상처받고 기뻐하며 아직도 좋아하는 일을 미치도록 좋아하고 있다는 것. 이것 하나만큼은 다른 시시함을 덮을 정도로 괜찮다고 자부해본다(문제는 이것 '하나'만 괜찮은 것 같다는 점이지만……).

실수투성이일지라도 매일 조금씩 자라고 있어 다행이다. 어제의 실수에 사과할 줄 아는 인간이 되었다는 사실 하나만으로도 스스로가 기특하기도, 유치하기도 한 나이지만, 있는 그대로 나를 인정하며 매일 조금씩 사랑해주기로 했다.

괜찮은 어른이 되는 법은 잘 모르지만, 나를 더 사랑하는 법을 발견해가다 보면 '그냥 어른' 혹은 '보통 어른'으로 살아갈 수 있을 테니까.

괜찮은 어른이 되는 법은
잘 모르지만

초판 1쇄 인쇄 2019년 10월 18일
초판 1쇄 발행 2019년 11월 4일

지은이 윤정은
그린이 오하이오
펴낸이 이범상
펴낸곳 (주)비전비엔피·애플북스

기획 편집 이경원 유지현 김승희 조은아 박주은
디자인 김은주 이상재
마케팅 한상철 이성호 최은석
전자책 김성화 김희정 이병준
관리 이다정

주소 우) 04034 서울특별시 마포구 잔다리로7길 12 (서교동)
전화 02) 338-2411 | **팩스** 02) 338-2413
홈페이지 www.visionbp.co.kr
이메일 visioncorea@naver.com
원고투고 editor@visionbp.co.kr
인스타그램 www.instagram.com/visioncorea
포스트 post.naver.com/visioncorea

등록번호 제313-2007-000012호

ISBN 979-11-90147-06-4 03810

이 도서의 국립중앙도서관 출판예정도서목록(CIP)은 서지정보유통지원시스템 홈페이지(http://seoji.nl.go.kr)와 국가자료종합목록 구축시스템(http://kolis-net.nl.go.kr)에서 이용하실 수 있습니다. (CIP제어번호 : CIP2019040753)